나이 먹고 체하면 약도 없지

나이 먹고 체하면
약도 없지

임선경 지음

RHK
알에이치코리아

가장 꾸준히 한 일은
'나이 먹는 일'

어느 날 갑자기 내 나이를 깨닫고 깜짝 놀랐다. 남편, 애들과 한 팀으로 묶여 내 정신이 아닌 채로 살아왔지만, 이제라도 정신 좀 차리고 잘 살아 볼까 하니 나이 오십이다. 한 발자국 걸을 때마다 아이들이 다리에 감기던 시기가 지나고 나니, 내 다리로 어디든 갈 수가 있긴 한데 대체 어디를 가야 하는지 알 수 없는 때가 왔다.

태어나서 지금까지 내가 가장 열심히, 꾸준히 한 일이 바로 나이 먹는 일이었다. 그런데 이제야 '나이 먹는 일'에 대해 가만 들여다보고 곰곰 생각해본다. 어른이 되는 일, 사는 일에 허기가 져서 처음에는 맛도 모르고 허겁지겁 집어먹기 바쁘다가 이만큼 먹으니 이제 좀 느긋해져서일까? 내가 먹고 있는 것이 대체 뭔지 요모조모 뜯어보고 어떻게 먹어야 체하지 않고 잘 먹을 수 있을까도 생각한다.

나는 지금 갱년기의 한복판에 서 있다. 갱년기는 '쇠락'과 '상실'의 시기일까? 각종 사회적 의무와 양육의 부담, 여성성의 멍에를 조금이라도 내려놓을 수 있는 '자유'와 '독립'의 시기는 아닐까?

확실한 것은 갱년기는 사춘기와 마찬가지로 정신과 신체가 격변을 겪는 때라는 것이다. 그러니 사춘기처럼 예민하게 느끼고 스펀지처럼 흡수하고 왕성하게 배우고 무한히 감동하고 그러면서 훌쩍 자랄 수도 있는 시기라고 생각한다.

다시 한번 겪는 사춘기. 사춘기처럼 가슴 뛰는 갱년기. 희망 사항이다.

차례

1장

젊어갈 순 없다니

늙어갈 순 있지만

오늘 '그날'이야

난소도 늙는다. 노화라는 건 머리카락부터 발톱 끝까지 온몸에 일어나는 일이라 난소라고 예외일 수는 없을 것이다. 얼굴도 늙지만, 심장도 늙고 혈관도 늙고 미토콘드리아도 꾸준히 늙어가고 있을 것이다('늙다'는 동사이고 '젊다'는 형용사라는 걸 아시는지? '늙다'는 움직임과 과정이지만 '젊다'는 어떤 상태나 성질을 나타낸 것이다. '늙어갈' 수는 있지만 '젊어갈' 수는 없다니… 참 섭섭하다). 난소는 뱃속 깊은 곳에 있는 것이니 난소가 늙는다고 해도 나는 알아채지 못했다. 피부가 늙어서 목주름이 잡혔을 때는 거울 앞에서 아이고 데이고 난리를 피웠지만, 난소 늙는 것은 몰랐다. 눈에 보이는 것도 아닌데 늙거나 말거나. 애를 더 낳을 것도 아닌데 늙거나 말거나.

나의 무관심(관심이 있었다고 해도 별 소용없지만) 속에 몸속 깊은 곳 난소는 조용히 꾸준히 늙어가서 드디어 기능을 멈추었다. 생리가 멈춘 것이다. 내 나이 마흔일곱의 일이었다.

폐경은 오래된 선풍기 같다. 예전에 우리 집에는 내가 결혼 전부터 쓰던 낡은 선풍기가 한 대 있었다. 이 선풍기는 멈출 듯 멈출 듯하면서도 꽤 오래 버텼다. 돌다가 말다가 어느 날은 버튼을 눌러도 전혀 돌아갈 기미가 없다가 잊고 있으면 갑자기 소음을 내며 돌기 시작했다. 생리도 비슷하다. 사십 대 후반부터 생리가 불규칙해졌다. 양이 적어지고 한 달에 한 번 하던 것이 두 달에 한 번, 어떨 땐 한 달에 두 번씩 했다. 몇 개월을 건너뛰어 이제 끝났나 싶으면 갑자기 사춘기 때처럼 많은 양의 생리혈이 쏟아졌다. 그러다 어느 때인가 뚝 끊겼다. 자취 시절의 선풍기는 아무리 오래 기다리고 두들겨도 이제 돌지 않는다.

섭섭했나? 섭섭할 것도 없었다. 나는 아이를 낳은 후에도 생리통이 있었고 월경 전 증후군이 심한 편이었다. 생리가 없어지자 아주 속이 시원했다. 이제 여행 날짜를 잡을 때 월말을 피할 일도 없고 갑작스레 약속을 취소할 일도 없고 혹시 몰라 가방에 생리대를 챙겨 다닐 일도 없어 좋았다. 여성성을 잃었다는 생각에 우울해지는 사람들도 있다고는 하는데, 글쎄다. '여성성'이라는 게 정확히 뭔지는 모르겠지만 '임신 가능성'이라고 본다면 나는 그게 없어져서 아주 다행스러웠다. '가능성'이란 말은 '위험성'이라는 말과 같으니까.

그런데 '폐경' 자체는 흔쾌한 일이었으나 '폐경이 되었다'고 밝히는 것은 꺼려졌다. 그건 마치 '나는 늙은 여자야'라고 내 입으로 말하는 것 같았다. 폐경은 공식적인 늙음의 선언처럼 받아들여졌다. 주변의 또래들은 여전히 열심히 월경을 겪고 있는 것처럼 보이기도 했다.

스포츠센터에 운동하러 다니기 때문에 거의 매일 여럿이서 같이 샤워한다. 그러니 남들의 생리 주기 같은 것들도 어쩌다 보니 알게 된다.

"나 먼저 갈게."

"땀났는데 샤워 안 해?"

"오늘 그날이라."

"우와! 언니 아직 청춘이네!"

　오십 대 중반에 지치지도 않고 여전히 '그날'을 맞는 '언니'를 사람들은 부러워한다. 그 언니 역시 약간 뻐기는 마음도 있다고 느껴진다. 우습게 들릴지 모르지만, 목주름이 없는 것이 부러운 일인 것처럼, 난소가 늙지 않은 것 역시 부러운 일인 것이다. 여성의 생식 능력이란 젊음, 건강함, 아름다움과 동일시된다. 그래서 나는 내가 이미 폐경이 되었다는 것을 ─ 뭐 비밀이랄 것까지는 없지만 ─ 내 입으로 먼저 나서서 말하지는 않는다.

　그런데 어느 날, 신문에서 '생리를 선택하는 여성들'이라는 제하의 기사를 보게 되었다. 피임 도구로 쓰던 체내 삽입 기구를 생리를 중단하기 위해서 쓰는 여성들이 는다는 내용이었다. '임신하지 않을 건데 왜 생리해야 하죠?' 묻는 여성들.

그 기사는 충격이었다. 나는 임신은 당연히 선택의 문제라고 생각했다. 그러나 한 달에 한 번 하는 생리가 선택의 문제라고는 한번도 생각해본 적이 없었다. 왜 그랬을까? 나는 무엇에게서 자유롭지 못했을까? 내가 규칙적으로 생리하는 가임기 여성이라면 나는 생리 중단을 선택할 수 있었을까? 폐경이 되었다는 것을 밝히기 꺼려하는 마음의 깊은 곳에는 무엇이 있을까? '가임'이야말로 '진정한 여자의 가치'라는 쓰레기 같은 의식에 나 또한 빠져 있었던 것일까? 생각이 많아진다.

폐경이 되고서 오히려 생리용품을 눈여겨보게 되었다. 생리 컵이라는 게 있다고 해서 어떻게 쓰는 건지 유튜브에서 찾아봤다. 일회용 또는 빨아 쓰는 생리 팬티도 찾아보고 감탄했다. '나 때는 왜 이런 게 없었지?' 질투도 났다. 나라면 어떤 걸 썼을까? 이것도 써보고 저것도 써보고 했겠지? 나라면 생리 중단 시술을 선택했을까? 30년 이상 일회용 화학 생리대로 버티다 이제 폐경인데 이제야 이런 선택지가 생기다니 억울하기도 하다. 또한 이제 생리가 선택과 고민의 영역 안에 들어왔다는 것 자체가 너무나 신선하게 느껴진다.

당연하게 받아들이지 않고 문제를 제기하는 것이 젊음이라고 생각한다. 너무 오랫동안 해온 일이어서, 다른 사람도 다 그렇게 하니까 당연한 줄 알고 불편해도 괴로워도 참아왔던 일들은 또 얼마나 많은가. 우리 엄마 세대는 '시댁의 횡포'를 참았지만 우리는 그렇지 않듯이, 우리가 당연하게 받아들였던 일을 우리 다음 세대는 더 참지 않는다. 참 다행이다. 그리고 부럽다.

여전히 왕성히 생리 중인 스포츠센터 언니도 부럽고 생리 중단을 선언하는 젊은 여자도 부러운, 종잡을 수 없는 어지러운 폐경기 한가운데 내가 서 있다.

긴장을 잃으면서 얻은 것은 평화

첫 종합건강검진을 이십 대 후반에 받았다. 이십 대 후반에 나는 TV 청소년 드라마를 쓰고 있었고 낮과 밤을 바꾸어 살았고 혼자 산 지 10년째에 접어들고 있었다. 건강을 해칠 만한 여러 요소가 중첩된 시기였다. 대충 먹고 대충 자고 '빡세게' 일하던 때. 주변 사람들에게 '말랐다'는 소리를 듣던 때.

지하철에서 어지러워 주저앉고 생리가 몇 달간 끊기는 등 여러 병약한 증상이 나타나자(무슨 큰 병에 걸린 것 아니야? 이러다 죽는 것 아니야?) 큰 병원에 가서 종합검진을 받았다. 처음으로 받은 건강검진은 그야말로 충격이었다. 피를 뽑고 엑스레이를 찍는 것은 예상했으나 정작 '성인 여성'이 어떤 검사를 받는지 전혀 모르는 채로 검진에 임했기 때문이다.

유방 촬영실에 들어가서 이상하게 생긴 커다란 기구를 봤을 때도 별다른 생각은 들지 않았다. 낯선 사람 앞에서 완전히 상의 탈의를 하는 것만 좀 어색했을 뿐이다. 그런데 그 낯선 사람이 나에게 촬영기에 바짝 서라고 요구한 다음 내 유방을 자기 손으로 달랑 들어서 쇠로 된 차가운 판때기(그게 뭐 이름이 있겠지만 이렇게밖에 말할 수 없다) 위에 올려놓는 사태에 이르러서는 얼굴이 벌게질 수밖에 없었다. '뭐, 뭐야? 원래 이렇게 하는 거?'라고 생각할 틈도 없이 우웅- 소리를 내며 맞은편 쇠 판때기가 내 가슴을 짓눌렀다. 외견상 — 둥그스름한 밀가루 반죽을 쇠판으로 꾹 눌러서 — 호떡을 만드는 것과 조금도 다르지 않은 과정이라 당황스럽기도 하고 웃음이 나기도 했다. 하지만 정작 내 입에서 나온 것은 비명이었다. 엄청 아팠던 것이다.

'어어? 이거 좀 아픈데? 어? 더 누른다고? 더 이상
안 될 것 같은데? 응? 더 누르면 터질 것 같은데?
으아아아아…!'

대략 이런 과정이었다. 이 과정을 네 번 반복했다. 위아래
로 꾸욱! 또 양옆으로 쭈욱! 유방이 두 개니 도합 네 번이다.
끝나고 다시 가운을 입는데 왠지 너덜너덜해진 느낌이었다.
심리적으로도 너덜너덜해지고 봉긋하던 유방도 좀 늘어진
느낌이 들었다. 뭔가(뭐든. 다른 이가 멘 배낭, 실수로 부딪친 누
군가의 어깨) 내 가슴을 슬쩍 스치기만 해도 온종일 그 느낌이
남아 불쾌하던 때에 이런 노골적이고도 전면적이고도 과감
하기 이를 데 없는 접촉이라니!

유방암 검사의 충격이 가시기도 전에 자궁암 검사가 이어
졌다. 치욕스럽기로 치면 자궁암 검사만 한 게 없다. 아이 둘
낳으면서 이젠 익숙해졌지만, 그 검진 의자를 처음 봤을 때는
황당함에 머리가 멍해질 지경이었다. '자궁벽 내 상피 세포
채취'를 위해서 자궁 안에 경관 확장 기구를 집어넣는데 이

것 역시 고통 그 자체였다. 당하는 나도 아프지만 검사하는 의사도 기구가 들어가지 않아 힘든 모양이었다. 옆에 선 간호사가 "다리에 힘 빼세요. 배에 힘 빼요." 했다. 내가 힘을 주고 있는지 어떤지는 모르겠고 어쨌든 무지 아팠다. 간호사는 "힘 빼라니까!" 하며 양옆으로 벌리고 있는 내 허벅지를 손바닥으로 짝짝 때리기까지 했다. 아, 이런 자세로 이런 취급을 당하다니!

'다시는 내 돈 내고 이런 일 따위 하지 않겠어!'라고 결심했지만 일은 그런 식으로 흘러가지 않아서 그 후에도 인간의 존엄성이고 뭐고 내팽개쳐야 하는 '검진'은 반복될 수밖에 없었다. 결혼 후 임신과 출산이 이어졌고 중요할 때마다 병원에 갔고 나는 사전 사후 빼놓지 않고 검진을 했다. 나이를 먹을수록 가능한 질병의 수는 늘어만 가고 해야 하는 검사도 늘어만 갔으며 건강에 대한 내 우려도 점점 늘어나니 검진도 잦을 수밖에 없었다.

마흔이 되고 건강보험공단에서 보낸 생애 전환기 건강검진 통보서를 받았을 때는 한숨이 나왔다. 나라에서 공식적으로 건강을 관리해주는 나이가 되다니.

"이제 너는 결코 젊지 않아. 어딘가 아플 가능성이
　아주 크다고. 그러니 미리미리 검진해서 안 그래도
　　열악한 의료보험 재정에 부담을 주지 않도록 해."

라고 나라가 말했다.

"그래요? 고마워요."

라는 반응이 당연하련만 나는 꼬인 사람이라 그런지 기분
이 좋지 않았다. 멀쩡하던 어깨도 아프고 무릎도 시큰거리는
느낌이었다.

어쨌든 검진을 하러 갔다. 그리고 유방암 검사가 시작되었
다. 각오를 단단히 한 채 그 다리미판 같은 쇠붙이 판때기 위
에 덜렁. 그리고 맞은편에서 슈욱 다가오는 판때기의 압력이
시작되었다. '으음-' 하는 정도의 압박감이 오는가 싶더니 좀
있다가 피시시 압력이 빠졌다. '응?' 하는 생각이 들었다. '끝
났어?' 끝났다. 이어 세 번 더 압력이 있었지만 다 별 통증 없

이 지나갔다. 왜 아프지 않지? 기계가 더 좋아졌나? 예전보다 덜 누르나? 유방이 찌부러지는 정도로 봐서는 아닌 것 같은데.

끝나고 깨달았다. 문제는 내 가슴의 탄성이었다. 공기가 빵빵한 배구공과 공기가 빠져 헐렁한 배구공의 차이라고나 할까? 크기는 비슷하다 할지라도 배구공이 빵빵하면 눌러도 잘 눌리지 않지만 헐렁하면 누를 때 잘 찌부러진다. 나는 아들 둘을 낳아 두 아이 다 모유로 키웠다. 애들 밥그릇이 되어 있는 동안 내 유방은 젖으로 꽉 찼다가 빈 주머니가 되는 과정을 반복하면서 늘어지고 처졌다. 풍선에 물을 꽉 채웠다 빼는 일을 반복하다 보면 풍선이 탄성을 잃는 것과 마찬가지다. 또 마흔 해를 넘겨 사는 동안 내 유방은 중력의 영향을 받아 밑으로 처지고 피부에는 탄력이 없어졌다. 한마디로 늙었다. 늘어진 피부는 누르면 눌린다. 저항이라곤 없다.

검진 전, 나를 두렵게 만들었던 유방암 검사는 그렇게 허무하게 끝났다. 그렇다면 자궁암 검사는? 별수 없이 자궁암 검사도 아주 평화롭게 끝났다.

검진이 끝나고 가운을 벗으면서 새삼스레 탈의실 안의 전신 거울을 보았다. 나이 든 내 몸. 별 저항 없는 내 몸. 그래서 통증도 덜한 내 몸.

결혼한 지 얼마 안 되었을 때 시어머니가 가스 불 위에 있는 솥이며 냄비를 맨손으로 그냥 내리는 것을 보고 깜짝 놀란 적이 있다.

"안 뜨거우세요?"
"늙으면 뜨거운 것도 모른다."

그때는 설마 했다. 부엌에 어정쩡하니 서서 재바르게 움직이지 못하는 나를 시어머니가 질책하는 말인 줄 알았다. 가스 불 위에서 냄비 좀 내리라니까 주방 장갑 찾느라 돌아다니는 중이었기 때문이다.

실제로 나이 들수록 피부 감각도 늙는다고 한다. 피부의 촉각을 담당하는 수용체의 숫자가 감소하고 신경 전달 속도가 느려지면서 노화를 겪는 것이다. 감각이 늙으면 통증을 느끼는 정도도, 온도를 느끼는 정도도 둔해진다.

피부 감각이 둔해지고 유방과 자궁이 긴장을 잃으면서 얻은 것은 평화다. 더 견딜 만하고 더 순조롭다. 첫째 낳을 때보다 둘째 낳을 때 고통이 덜한 것도 심리적인 이유만은 아닐 것이다.

그렇다면 나이를 먹으면서 둔감해지는 것은 촉각 수용체뿐일까? 감정은 어떨까? 몸은 신경이 무뎌졌지만, 마음도 무뎌졌을까? 그래서 고통도 긴장도 덜하고 평화가 왔을까? 화산처럼 폭발하는 분노, 빠져 죽을 것만 같은 슬픔, 짜릿한 희열감은 확실히 그 정도가 낮아졌나?

예전에는 그렇게 생각했다. 좀 더 나이를 먹고 성숙해지면 감정에 휘둘리는 일은 없을 것 같았다. 분노, 좌절, 질투로 나를 해치는 일이 없을 줄 알았다. 몸처럼 마음도 늙어서 감각 수용체의 숫자가 줄어든다면 어쩌면 평화를 얻을 수도 있을 것이다. 이런저런 일들이 다 견딜 만하고 자극이 와도 고통이 덜할 것이다.

그러나 오십이 넘은 지금도 나는 여전한 감정적 소용돌이 속에서 정신을 못 차리고 있다. 기분이 이랬다저랬다 아침저녁으로 변덕스러운 것도 마찬가지다. 사소한 감정 변화로도 아프고 상처받는다.

몸은 늙어도 마음은 늙지 않는 것 같다. 그 부조화 때문에 오히려 더 쓸쓸해진다. 유방암 검사가 더는 아프지 않다고 해도 무작정 좋기만 한 것은 아니다. 아프지 않은 건강검진을 하고 나오면서 나는 말할 수 없이 쓸쓸했다.

그 배우 이름이 뭐더라

아줌마. 중년 여성은 아주 쉽게 폄훼된다. '아줌마'라는 말 자체가 욕설의 바로 전 단계처럼 들릴 정도다. "야이 아줌마야!" 하면 확실히 욕으로 들린다("야 이 청소년아", "야 이 아저씨야" 이런 말은 없지 않은가).

아줌마에겐 지하철 타면 자리에 가방을 던진다, 사이드미러를 접고 운전한다, 공공질서를 안 지킨다 등의 부당한 편견이 있다. 집단 일부의 부정적인 면을 극단적으로 강화하고 확대해서 그 집단의 공통 특징인 것처럼 딱지를 붙이는 것이

혐오다.

"아줌마들은 어쩌고" 하는 말이 들리면 나는 푸르르한다. "그렇게 따지면 아저씨들은 어떤데? 아저씨들은 이렇고 저렇고" 하며 역시 혐오의 범주에 들 만한 말들을 쏟아낸다. 이성적으로 대응하기 참 쉽지 않다.

아줌마들은 어쩌고 하는 말에 울뚝불뚝하면서도 내가 "아, 그건 그래" 하고 수긍하는 부분이 있다. 그건 바로 아줌마들은 시끄럽다는 말이다. 카페에서, 식당에서 중년 여성의 무리는 단연 공간을 압도한다. 들어설 때부터 시끌벅적하다. 있는 동안에도 내내 시선을 끈다. 그 무리가 나가고 나면 잠시 어색한 고요가 찾아올 정도다. 나 역시 또래의 아줌마들과 만나서 실컷 떠들고 카페를 나올 때면 왠지 뒤통수가 뜨끈한 느낌이다. '우리가 너무 떠들었나?' 싶다. 스스로 느낄 정도면 시끄럽긴 한 거다.

시끄럽다는 것은 두 가지 뜻이 있다. 하나는 말 그대로 소리가 큰 것, 데시벨이 높은 것이다. 또 하나는 의미를 알 수 없도록 소리가 섞이는 것이다. 이 소리 저 소리가 섞여 들리면 시끄럽다고 느낀다. 아줌마들의 시끄러움은 이 두 가지 의미를 모두 만족시킨다.

첫째, 아줌마들은 목소리가 크다. 당연히 이유가 있다. 도대체 말을 들어 먹지 않는 인간들하고 같이 살고 있기 때문이다. 필요한 말을 하는데도 식구들은 잔소리로 들으니 점점 목소리를 높이게 된다. 아줌마 입장에서도 목소리 높여 얘기하지 않는 것이 편하다. 네 양말은 네 서랍에 넣으라고 소리 지르지 않아도 되면 얼마나 좋을까? 게다가 대부분의 아이는 이른바 '선택적 난청 증상'을 가지고 있다. 엄마 목소리만 골라서 잘 안 들리는 증상 말이다. 사춘기에 접어들면 이 증상은 훨씬 심해진다. 엄마들은 목소리가 점점 커지다 못해 득음의 경지에 이르게 된다(예전의 나는 목소리도 작고 시끄러운 것을 질색하는 사람이었다. 지금은 강연에 갔을 때도 웬만하면 마이크를 쓰지 않을 정도로 우렁찬 목소리를 가지고 있다. 아들 둘을 키운 것이 그 원인이라고 나는 주장한다).

더욱 중요한 두 번째 이유가 있다. 내가 말하려고 하는 것이 바로 이 부분이다. 아줌마들의 대화는 소리가 섞인다. 방송일 하는 사람들이 흔히 "오디오가 물린다"라고 말하는 그런 현상이다. 한 사람 이야기를 진득하게 듣지 않는다. 서너 사람이 동시에 말을 하는 경우도 있다. 외부 사람들에겐 당연히 시끄럽게 들린다.

그러나 사태의 원인을 알고 보면 이것은 어쩔 수 없는 일이다. 어찌 보면 매우 자매애 넘치는 아름다운 모습이다. 나이가 들면서 모두 어떤 기능이 확연히 떨어졌기 때문에 나타나는 자연스런 현상인 것이다.

몇 년 전부터 놀라울 정도로 '말하는 능력'이 떨어졌다. 이건 정말 뇌의 언어 중추 어디에 문제가 있지 않고서야 이럴 수는 없다 싶을 정도로 어휘가 생각나지 않는다.

말이라는 것이 어떤 복잡한 과정을 통해 입 밖으로 나오는 건지는 모르겠지만 내가 상상하는 이미지는 이렇다. 머릿속에서 말을 담은 동그란 물방울이 송알송알 맺혀 솟아오른다. 물방울은 머릿속에 엉켜있는 아주 복잡한 길을 빠르게 또르르 굴러간다. 그러다 마침내 혀끝에 맺혀서 밖으로 튀어나오는 것이다. 수많은 물방울이 계속 솟는다. 송알송알 또르르

퐁. 이 과정이 리드미컬하게 이어진다. 물방울은 중간에 서로 부딪히기도 하고 합쳐지기도 하지만 어쨌든 자기 길과 속도를 잘 지켜 밖으로 튀어나오는 것이다.

그런데 언제부터인가 이게 다 엉킨 느낌이다. 물방울이 솟기는 하는데 길을 따라 나오는 동안 사라지거나 어디서 막히거나 또는 혀끝에 계속 대기하면서 밖으로 튀어나오지를 못한다. 물방울 한 개가 아니라 한 문장을 말할 때 적어도 두세 개의 물방울이 길을 잃는다. 말 한마디 하려는데 "그거 뭐더라? 그거 있잖아. 그거!" 하는 대명사만이 조합된다. 말을 하는 사람도 답답하고 듣는 사람도 답답하다. 이건 나 혼자에게만 일어나는 일은 아니고 내 또래 대부분의 사람에게 일어나는 일이다. 어려운 어휘가 생각 안 나는 것도 아니다. 일상생활에서 흔히 쓰는 단어도 떠오르지 않고, 사람 이름이 생각 안 나는 것은 너무나 흔한 일이다. 물방울이 머릿속을 뱅뱅 돌긴 하는데 어디쯤 멈춰있는지 알 수 없을 때, 또는 혀끝에 맺힌 게 확실한데 밖으로 튀어나오지 않을 때 진짜 얼마나 답답한지.

그래서 우리는 서로 돕는다. 돕지 않으면 이야기 진행이 안
된다.

"전에 우리 거기 갔었잖아. 거기 그… 저기가 많았
잖아."

그러면 '전에'라는 게 대체 언제인지부터 따져봐야 한다.
저번 달인지 작년 봄인지, 그러면 어디를 갔었는지를 추측하
고 같이 갔던 곳이 확정되면 거기 뭐가 많았는지 여러 명이
한꺼번에 달려들어 추리해봐야 한다.

누구 이름이 생각 안 나도 야단법석이다.

"그 배우 누구지? 그 왜 있잖아. 저번에 거기 나왔던
그 사람."
"누구?"
"아니 있잖아, 그 저기랑 같이 나왔던 남자."
"저기는 또 누구야?"
"남자야?"

"응, 거기서 동생으로 나왔잖아."

"누구 동생으로 나왔는데?"

"주인공 동생이지. 왜 그 사람 있잖아. 아, 이름이 뭐더라?"

문답을 거듭해서 어찌어찌 어떤 배우를 말하는 건지 알아챈다 해도 막상 또 이름은 생각 안 나는 사태가 생기기도 한다. 답답해 죽을 지경이다. 결국 모르고 넘어가면 그날 잠자리에서까지 배우 이름 때문에 뒤척뒤척하게 된다. '아이고, 내가 배우 이름 알아서 뭐하냐. 그거 뭐 국가고시에 나오는 것도 아닌데' 생각해도 그래도 자꾸만 그 배우 얼굴이 눈앞에 아른거리니 아닌 밤중에 홍두깨로 친정 언니에게 전화하게 된다.

"언니, 그 배우 이름 뭐더라?"

아무튼 그런 사정이다 보니 아줌마들의 대화는 한 사람이 이야기하고 다른 사람은 조용히 듣는 식으로 진행되지는 않는다. 모두가 그 대화에 한꺼번에 참여해야 한다. 말을 거들어주는 조력자가 없으면 이야기 자체를 할 수가 없다. 모두가 적극적으로 머릿속의 물방울을 떠올리고 물방울을 건네주고 받고 해야 한다. 그러니 대화에 독점이 있을 수 없고 동시에 소외도 없다. 자연스럽게 대화의 민주화가 이뤄진다. 남들이 듣기에는 아줌마들은 왜 저렇게 동시에 다 떠들고 있냐고, 참 시끄럽다고 할 수도 있다. 그렇지만 아줌마들의 대화는 평등하고 기회가 있고 서로 도와주고 도움을 받는, 말 그대로 인터랙티브한 커뮤니케이션이다. 아줌마의 수다는 그래서 즐겁다.

어머님? 아주머니? 저기요?

광화문 지하도를 지나는데 설문조사를 해달라는 조사원이 나를 붙잡아 세웠다. 깔끔하게 정장을 차려입은 젊은 남자였다. 젊은 남자가 말을 걸면 웬만하면 친절하게 응대한다. 그러나 그날은 굉장히 바쁜 척하며 대답 없이 급히 지나쳐 갔다. 그 조사원이 나를 '어머님'이라고 불렀기 때문이다.

"어머님, 설문 하나만 해주시고 가세요."

어머님이래…. 내 나이가 저만한 아들이 있을 수도 있는 나이인 건 알고 있다. 그래도 일면식도 없는 청년이 공공장소에서 나를 어머님이라고 부르니 당황스러웠다. 아니, 어머님이라니? 자기가 내 사윗감도 아닌데 웬 어머님?

그러나 그 조사원은 죄가 없다. 다른 마땅한 호칭이 없기 때문이다. 지나는 중년 여자를 대체 뭐라고 부른단 말인가? 아주머니? 저기요? 그렇게 불렀으면 기분 좋게 설문에 응했을까?

호칭은 참 쉽지 않은 문제다. 호칭 때문에 기분 상하는 일, 싸움 나는 일도 비일비재하다. 호칭이라는 것은 어떤 사람에 대한 타인의 인식을 나타내는 것이기 때문에 정체성과 관계있는 문제다.

우리는 모르는 사이, 처음 보는 사이에도 가족 간에서나 쓰는 호칭을 사용하는 경우가 많다. 다 같은 단군의 자손이라서 그러는 걸까? 식당에서 종업원에게 언니나 이모라고 부르고 그냥 길 가는 사람에게도 어머님, 아버님이라고 부른다. 노인이라면 어떤 장소, 어떤 상황에서 만나든 무조건 할머니, 할아버지다.

가족 간에 사회적인 호칭을 쓰는 것도 부적절하다. 드라마를 보면 자기 남편을 '우리 박사님'이라고 하거나 어머니가 자기 아들을 '김 교수', '닥터 리' 이런 식으로 부르기도 하던데 엄청 재수 없게 들린다(교수, 박사들한테 집에서 정말 그런 식으로 부르냐고 물어보고 싶다).

개인적으로 친한 사이에서는 어떨까? 내 친구 아이들은 나를 이모라고 부른다. 한 민족, 한 핏줄, 위 아 더 월드라고 생각하면 편하지만 나는 어째서인지 듣기에 별로다. 물론 그 아이들이 나를 아줌마라고 불러도 듣기에 별로일 것 같다. 동네 친구들은 나를 모모 엄마, 제제 엄마라고 부른다. 모모야, 제제야 하고 애들 이름으로 나를 부르기도 한다(큰아이가 모모, 작은 아이가 제제다. 물론 가명이다).

우리 엄마는 예전에 처음 사위를 봤을 때 '김 서방'이라는 호칭을 어색해했다. 김 서방, 박 서방 하는 게 할머니들이나 쓰는 말처럼 느껴져서 싫다고 했다. 마찬가지로 장인어른, 장모님이란 말을 입에 올리기 영 어색하다는 사람도 있다. 남자 선배에게 쉽게 '오빠'라고 부르는 사람도 있지만 차마 입이 안 떨어진다고 하는 사람도 많다.

이것도 저것도 딱 떨어지지 않고 크게 마음에 들지 않지만 다들 어쩔 수 없이 적당한 걸 하나 골라잡아 쓰고 있다. 호칭이야 아무려면 어떠냐고 생각하는 사람도 있겠지만 나는 듣기에 불편하다. 이런 경우는 듣기 불편한 쪽에서 불만이라고 투덜댈 시간에 대안을 제시해야 한다. 그래서 곰곰 생각해 봤다.

영화를 보면 외국에서는 대부분 이름을 부른다. 장인 장모도 이름을 부르고 옆집 아줌마도 이름을 부른다. 우리나라에서 그렇게 한다면 어색하겠지? 정말 그럴까? 처음만 어색하지 지나고 보면 점점 괜찮아지지 않을까? 요즘은 회사에서도 부장님, 과장님 하는 호칭을 없애고 철수 님, 영희 님 한다던데 — 물론 그거 때문에 회사 다니기 더 싫다는 사람도 보았다 — 글로벌 시대니까 아예 영어 이름을 따로 만들기도 한다. 내 후배 진경이는 회사에서는 카렌이다. 사장도 동료도 후배도 자신을 카렌이라고 부른단다. 회사 상무에게 '상무님!' 하지 않고 '제시카!' 한단다(그러면서 나한테 제시카 욕을 엄청 했다).

동호회에서는 별명을 지어 부른다. 나이나 성별을 알 수 없는 온라인상에서는 물론이고 오프라인 만남을 할 때도 별명을 부른다. 잘 모르는 사이에 족보 따져가며 형님 동생 하기도 그렇고 직위를 따져 물을 것도 아니니 별명을 만들어 쓰는 것이 가장 자연스럽다.

그래서 제안한다. 호칭에 대해 불평불만이 많은 사람으로서 목마른 자가 우물 판다는 차원에서 하는 제안이다. 동호회가 아니라도 일상 속에서 각자 하나씩 별명을 만드는 것이다. 이름은 자신이 선택할 수 없지만 별명은 스스로 선택할수 있으니 자신의 특징이나 정체성을 드러낼 수 있다. 너무 깊게 생각할 것 없이 그냥 좋아하는 꽃이나 닮았다고 생각하는 동물 이름이어도 재미있겠다고 생각한다. 별명은 기억하기도 쉽고 부르기도 쉽다.

"물망초, 이것 좀 드셔보세요. 새벽별이 해오셨는데
아주 맛나요."

친척 모임에서 이런 정 깊은 대화가 오갈 수 있다. '셋째 당숙모님'이라고 하는 것보다야 훨씬 좋다. 시부모님이 오십 넘은 며느리를 '아가'라고 부르는 민망함도 피할 수 있다.

별명 부르기를 실제로 해보면 아주 편리하고 정답다. 공동육아 어린이집이나 대안학교에서는 이렇게 별명을 만들어 부르는 일이 일상화되어 있다. 큰아이 모모는 대안학교에 다녔는데 학교 선생님들, 학부모들은 다들 별명으로 소통한다. 아이들도 선생님을 수학 선생님, 교장 선생님 하고 부르는 것이 아니라 '항아리', '수수꽃다리' 하는 식으로 부른다. 학부모도 ○○엄마, ○○아빠라고 부르지 않고 '감자'나 '고구마'로 부른다. 어떤 사람을 단순히 교사나 누구의 엄마로만 만나는 것이 아니라 그 사람 자체로 대하게 된다는 것이 좋은 점이다. 아이들이 교사를 대할 때도 스스럼이 없다.

참고로 모모 학교에서 부르는 내 별명은 '아랑곳'이다. 아랑곳하지 않는다고 할 때의 그 아랑곳. 아랑곳은 사전에는 '어떤 일에 마음을 씀'이라고 되어 있다. 남편은 내게 별명까지도 뻔뻔한 스타일이라고 말한다. 아랑곳하는 경우도 많은데 언제나 '아랑곳하지 않는다'고만 생각하는 모양이다.

별명으로 서로를 부르다 보면 언젠가는 스스럼없이 이름을 부르게 되는 날도 올 것이다. 어쨌든 호칭으로 받는 스트레스는 훨씬 줄 것으로 생각한다.

하지만 아직 해결하지 못한 게 있다. 아는 사이에서는 그렇다 치고 모르는 사이, 길가다 만난 사람은 어떻게 불러야 할까? 외국에서는 '헤이!' 하는 것 같다. 우리가 '저기요' 하는 것과 비슷하다. 그것밖에는 방법이 없을까? 설문조사를 청하는 청년은 나를 '어머님' 대신 대체 뭐라고 불러야 했을까? 국민 대토론회라도 열어봤으면 하는 심정이다.

이제는 정말 귀걸이를 할 때

"두 달 뒤면 오십 대야!"

라고 어느 날 부르짖었다. 마흔아홉 가을, 긴 연휴가 이어
지던 어느 날이었다.

'내가 대체 몇 살인가?' 하는 생각이 들어 나이를 따져보고
는 소스라쳐 놀라는 일이 몇 년 전부터 계속되어 왔다.

(마흔셋이 되었을 때) "헉! 내가 마흔셋이라고? 마흔 넘은지 엊그젠데?"

(마흔여섯일 때) "응? 마흔여섯? 나 사십 대 초반 아니었어?"

오십을 앞두었을 때는 놀라움이 최고조에 이르렀다. 마음은 청춘이라는 말이 이토록 절실하게 공감될 줄이야. 내가 오십을 앞두었다니 믿을 수가 없었다. 세월은 쏘아놓은 살처럼 흐른다. 일단 쏘았으면 되돌릴 수가 없다. 날아가는 화살 입장에서는 당연히 정신을 차릴 수가 없을 것이다. 세월은 빠르고 한번 간 청춘은 되돌릴 수 없고, 어영부영하다가 한 세상이 끝나버릴 것이 확실해졌다. 그러니까 '나이 들었다'는 실감이 났다는 것이다.

그렇다면 어떻게 해야 하지? 나이가 든 것이 확실하면, 애매모호한 것이 아니라 진짜로 정말로 나이 들었다면, 평균 수명이 늘었으니 젊음의 기준도 바뀌어야 한다고 우기더라도 그래도 어쨌든 살날보다 산 날이 많다면 그러면 무엇을 해야 하나?

　나이 든 것이 확실하니 이제는 정말 해야 할 일, 그건 바로 '미룬 일'이다. 해야 하지만, 하고 싶지만 이제껏 미루었던 일을 '드디어' 해야 한다. 더는 미룰 수 없다. 왜냐면 미룰 시간이 없으니까. 미루고 미루었는데 또 미루다 보면 이번 생에서는 영영 못 하게 될 수도 있다. 아주 옛날부터 그러니까 몇십 년 전부터 하려고 마음을 먹었지만 미루고 미루다 하지 못한 일. 내게는 그것이 귀를 뚫는 일이다(뭐 대단한 일을 하려나 보다 기대하셨다면 죄송합니다).

　귀를 뚫기로 하고 사람들의 귀만 쳐다보았다. 대부분 귀걸이를 하고 있었고 귀걸이 안 한 귀도 자세히 들여다보면 작은 구멍이 있었다.

　나는 내내 액세서리를 하지 않고 지내왔다. 액세서리를 하면, 예를 들어 반지를 끼면 종일 반지를 만진다. 손가락에 무언가 있는 게 영 거슬린다. 귀를 뚫지 않았기 때문에 귀걸이를 하면 귓불에 끼우는 클립형을 할 수밖에 없는데 이게 의외로 귀가 엄청 아프다. '나는 지금 귀걸이를 하고 있다'는 생각을 한순간도 잊을 수 없을 정도다. 남다르게 튼실한 귓불을 가졌기 때문일 수도 있겠다.

그래도 이제는 액세서리를 하는 사람으로 변신해보자고 생각했다. 이유는 아무리 열심히 차려입어도 거울 앞에 서면 그렇게 초라해 보일 수가 없기 때문이다. 주름살과 생기 없이 칙칙한 피부와… 그 이야기를 줄줄이 하다 보면 너무 구차해지니 그만두자. 어쨌든 인위적인 반짝임의 도움이 절실히 필요했기 때문에 액세서리에 대한 관심이 생겼다.

동네 금은방에 가서 귀를 뚫었다. 귀를 뚫는 일은 아주 간단했지만 그 후의 관리가 의외로 신경 쓰이고 까다로운 일이었다. 한 번 실패했다. 머리 감을 때 귀의 은침이 너무 거슬려 빼놓았다가 — 씻을 때 귀때기를 비누칠해 주물럭거리고 박박 씻어내야 속이 시원한데 그걸 못하니 답답했다 — 깜빡 잊고 그냥 잤더니 단 하루 만에 구멍이 막혀버렸다. 아물기를 기다렸다가 다시 뚫었다. 이번에는 조심조심 정성을 다해 관리했다. 2주 정도는 하루에 한 번 은침을 빼고 귓불에 항생제

연고를 바르고 다시 은침을 끼웠다. 그 뒤 한 달 동안 아침저녁 세수하면서 귀에 물이 닿은 뒤에는 꼭 알코올 솜으로 소독했다. 귀를 뚫었다는 사실을 한시도 잊지 않았다. 샤워할 때 조심했고 미용실에서 커트하고 샴푸할 때도 미용사에게 "얼마 전 귀를 뚫었으니 조심해주세요" 했다. 스웨터를 갈아입을 때도 귀의 은침이 걸리지 않도록 조심했다. 세상에 그 많은 귀 뚫은 사람들이 모두 이 귀찮은 과정을 겪었다는 사실이 놀라웠다. '오오! 세상 사람들은 이토록 열심히 살고 있었어. 별것도 아니라고 생각했는데 막상 해보니 그게 아니었네' 하며 감탄했다.

눈에 잘 보이지도 않는 작은 구멍 하나를 애지중지 돌보며 한 달가량 지나자 드디어 은침을 빼고 18K 원터치형 귀걸이를 끼울 수 있게 되었다. 이제 귀를 뚫지 않은 사람에서 뚫은 사람으로, 귀에 아무 장식이 없다가 늘 귀걸이를 걸고 있는 사람으로 변신했다(변신이 꼭 몰라보게 예뻐진다는 뜻이라고 생각하면 곤란합니다).

중요한 건 '변화'다. 변한다는 건 좋은 일이라고 생각한다. 예전에는 '변하지 않음'이 중요한 가치라고 생각했다. '영원한 사랑', '변치 않는 우정', '한결같은 마음', '언제나 처음처럼' 등등의 말을 여기저기다 마구잡이로 갖다 썼다. 좋은 말, 당연한 말이라고 생각했기 때문이다.

살다 보니 그런 건 없다는 걸 알게 되었다. 세상에 변하지 않는 것은 없고 게다가 변하지 않는 것이 꼭 옳은 것도 아니다. 오히려 변하지 않음이 아집과 관성, 무기력의 증거이기도 하다. 알고 보면 귀찮아서 안 변하는 경우도 많은 것이다. 변하려면 안 쓰던 신경을 써야 하고 모르던 것을 새로 알아야 한다.

'아, 아무 일이라도 생겨라.'

하는 마음이 젊은 마음이다.

'제발 아무 일도 생기지 않았으면.'

하면 늙은 것이다.

젊은 시절에는 저지르는 일이 가능했다. 망할 때 망하더라도 한번 해보는 것. 회사를 퇴직하고 창업하는 일, 하던 일을 그만두고 세계여행을 떠나는 일은 한 살이라도 젊을 때 하는 게 좋을 것이다. 무슨 일이든 다시 시작할 수 있는 시간과 체력이 주어져 있으니까. 그러나 나이 들어 무슨 일을 저지르면 수습할 수 있는 시간과 체력이 부족하다(고 나는 생각한다. 아니라고 생각하는 용감한 사람도 많다). 나이가 들수록 '모험'보다는 '안정'을 택하려는 경향은 어쩔 수 없는 일이다. 그렇지만 그래서 그게 경향성으로 굳어졌기 때문에 아주 사소한 변화조차 시도하지 않게 된 것은 아닐까? 이를테면 헤어스타일 같은 것들. 젊을 때는 이것저것 시도해보기도 하지만 마음에 들고 잘 어울리고 무난한 한 가지 스타일을 정하면 10년, 20년 그 스타일을 고수한다. 그까짓 헤어스타일, 액세서리, 스커트 길이 정도야 변화를 주어도 되지만 변하지 않는 것이 일종의 습관처럼 굳어진 것이다.

하지만 작은 것이라도 의도적으로 변화를 주는 것은 생활을 신선하게 만들어준다. 매번 가는 산책길도 조금 다른 길로 들어서 보면 다른 풍경이 보인다. 동네 천변을 걸을 때 늘 왼쪽 길로 갔다가 돌아올 때 오른쪽 길로 왔다면 이번에는 오른쪽 길로 시작해서 왼쪽 길로 돌아오기만 해도 안 보이던 것들이 보인다.

무엇을 어떻게 하기 위해서가 아니라 그냥 '변화' 자체가 재미있으니까 시도해보는 것이다. 별 이유도 없이 '이제껏 그렇게 살았으니까' 그냥 계속하는 것이라면 별 이유도 없이 바꿔보는 것도 괜찮지 않을까? 액세서리라고는 할 줄 모르는 사람이었지만 이제는 시간 날 때마다 액세서리 판매대를 기웃거리는 사람으로 변했다. 마음만 먹으면 되는 아주 쉬운 일이다.

어쨌든 귀를 뚫었다. 지금은 귀걸이가 두 개뿐이지만 더 살 거다. 누가 내게 뭘 선물할지 고민된다면 귀걸이를 사다오!

하나 사야 해

광택감이 있는 레깅스를 입고 흰 셔츠를 입었다. 그 위로 엉덩이(납작하고 팬티 라인 밑으로 살이 삐져나오는)를 가려줄 만큼 길이가 긴 블랙 베스트를 걸쳤다. 이런 스타일의 베스트는 유행이기도 하고 어디든 걸치면 조금이라도 더 차려입은 느낌을 주기 때문에 환절기 필수템이다. 거울 앞에 서서 이리저리 몸을 돌려보니 어딘지 비어 보인다. 가슴까지 내려오는 화이트골드 펜던트를 걸었다. 신발이 문제네. 거울 앞에 신문지를 깔고 하이힐, 앵클부츠, 슬립온, 큐빅이 박힌

플…. 신발장에 있는 신발들을 다 꺼내다가 신어본다. 확실히 하이힐을 신는 게 조금이라도 다리가 길어 보이지만 아무래도 힐은 무리다. 힐을 신었다는 이유로 지금 가는 강연을 망칠 수도 있다. 강연 내내 얼른 집에 가서 힐을 벗어던질 생각만 할 것이 뻔하기 때문이다. 두 시간 정도 서 있어야 하니 정답은 슬립온이다. 하지만 내가 가진 슬립온은 분홍색이라 옷 색깔과 어울리지 않는다. 헤어스타일도 유난히 초라해 보인다. 웨이브 없는 짧은 머리. 나이 든 여자들이 집착하는 정수리 부근의 볼륨감을 위해서 드라이기로 바람을 엄청나게 집어넣었건만 바람은 바람인지라 머리카락 뿌리에 자리 잡지 못하고 흩어져버렸다.

어쩔 수 없이 분홍 슬립온을 신고 나중에 얌전해 보이는 편한 로퍼를 하나 사야겠다는 결론을 내리며 거울 앞을 떠났다. 거울 앞에 서기만 하면 언제나 같은 결론이 난다.

"하나 사야 해."

뭘 하나 사야 하는지는 때마다 다르다. 머리카락을 부풀리는 고데기, 주름을 감쪽같이 없애준다는 크림, 굽이 있지만 푹신해서 구름 위를 걷는 것 같다는 구두, 옆구리 군살을 다 커버해준다는 속옷…. 거울 앞에 서 있는 시간이 늘고 횟수가 많아질수록 쇼핑 목록은 늘어만 간다.

예전보다 확실히 거울 앞에 서 있는 시간이 늘었다.

이유는 첫째, 어떻게 해도 예쁘거나 멋지지 않아서 이런저런 시도를 많이 해봐야 하기 때문이다. 침대 위에 옷이 가득 쌓일 만큼 이것저것 입어보고는 결국은 처음에 입었던 옷으로 결정하는 경우가 열에 아홉이다.

두 번째 이유는 내가 예전보다 외모에 스트레스를 덜 받기 때문이다. 이젠 남의 눈을 덜 의식하기 때문에 더 자주 거울 앞에 선다. 20년 전의 나와 지금의 나를 비교해보면 예전에 없던 주름, 뱃살, 흰머리가 생겼으니 지금 상태가 훨씬 난감하다. 그러나 외모에 대한 콤플렉스는 오히려 많이 줄었다.

어떤 글에선가 '예쁘다는 것은 남들 앞에서도 거울을 오래

볼 수 있는 권리'라는 구절을 본 적이 있다. 무릎을 탁 칠만큼 정확한 표현이라고 생각한다.

자랄 때를 돌이켜보면 예쁜 애들은 가방 속에 늘 거울을 가지고 다녔다. 쉬는 시간마다 거울을 들여다보며 눈썹을 정리하고 이마에 난 뾰루지를 속상해했다. 많이 자서 쌍꺼풀이 풀렸다며 샤프 펜촉으로 꾹꾹 눌러 쌍꺼풀 라인을 진하게 만들었다. 혹시 머리카락 개수를 세고 있나 의심스러울 만큼 이마에 늘어진 앞머리를 수업 시간 내내 만지작거리기도 했다. 예쁜 애들은 자신의 피부 상태나 몸매의 변화를 화제의 중심으로 삼는데 전혀 거리낌이 없었다. 그 애들은 외모에 관심이 있고 자신이 외모에 관심 있음을 만천하에 드러내기를 두려워하지 않았다.

"나 얼굴 부은 것 좀 봐."
"괜찮아, 예뻐."
"나 살쪘지?"
"모르겠는데? 지금 딱 예뻐."

그 아이들에게 대화는 그런 식으로 흘러갔다.

　자라면서 빈말로라도 예쁘다는 말을 들어본 적이 없는 나는 거울을 보는 일 자체를 싫어했다. 한창 민감한 시기인 청소년기에는 뻣뻣한 머리카락부터 넓은 발볼까지 그야말로 머리끝부터 발끝까지 마음에 드는 구석이 없어서 마음 깊은 곳부터 위축되기도 했다.

　그래서 나는 다른 전략을 택했다. 거울과 거리 두기 전략, 외모에 무관심해지기 전략(당시에는 내가 그런 전략을 택했다는 자각이 없었지만 지금 생각해보니 그랬던 것 같다)이다. 젊은 시절 내내 머리카락은 짧게 싹둑 잘랐고 언제나 청바지에 티셔츠, 운동화 차림이었으며 화장은 하지 않았다. 외모를 꾸미는 데 시간과 노력을 들이는 다른 여자애들을 우습게 보기도 했다. '저런 건 아무 가치 없는 일이야!'라고 계속 자기 암시를 했다. 매우 비겁한 방어 기제였다고 생각한다. 내가 추구하는 스타일은 이른바 '보이시'였는데 여고, 여대를 다니는 동안 내게 연애 감정을 품는 여자 후배들도 있었으니 나름 성공적인 전략이었던 셈이다.

그런데 이런 전략의 맹점은 본인의 욕구를 스스로 억누른다는 데 있다. 가슴골(그런 게 있다 치고)이 보일 만큼 앞섶이 확 파인 블라우스나 샤랄라 퍼지는 원피스를 입어보고 싶은 욕구를 억누르게 된다. 내겐 어울리지 않는다고 자신을 가둔다. 액세서리나 네일아트, 눈썹 연장술에 대해 관심을 두는 것 자체를 쑥스럽게 느낀다. 외모에 관심을 두고 예뻐지려고 시도하는 것도 쑥스럽지만 남들에게 그런 모습을 들키는 것이 더 민망한 것이다. 냉정하게 돌이켜보면 그것도 역시 콤플렉스에서 비롯된 감정이었다는 생각이다. 톡 까놓고 말해서 '호박에 줄 긋는다고' 이런 이야기를 듣게 될까 봐 줄을 그어보려는 시도를 포기했다는 말이다. 삼십 대, 사십 대까지는 계속 그랬다. 어떤 것이 내 진짜 감정인지 욕구인지 모르는 채로 계속 '보이시' 스타일로 살았다.

그러다 나는 나이 먹은 여자가 되었다. 예쁘다는 것이 그다지 중요하지도, 결정적이지도 않은 시기가 도래한 것이다. 성적 매력 경쟁 시장에서 은퇴하는 시기. 진단과 평가의 눈에서 보다 자유로워지는 시기다. 허리 사이즈와 다리 길이, 코 높이나 쌍꺼풀에 머물던 몸에 대한 관심은 이제 관절의 가동성과 몸속 장기의 수행 능력으로 옮겨졌다. '어쩜 저렇게 다리가 쭉 뻗었냐? 부럽다'는 '건널목에 파란불 깜빡거리면 뛴다고? 부럽다'로 바뀌었다. 디자인보다는 기능, 일상을 사는데 중요한 것은 껍데기보다는 속에 있다는 것을 너나 나나 알게 된 것이다.

또 타인의 외모에 대한 관심이 줄었다. 사는 동안 누적된 경험을 통해 사람의 외모란 완벽히 우연일 뿐이라는 것, 됨됨이와는 아무 상관관계도 없다는 것을 확신하게 된 것이다. 내가 남을 외모에 별 관심 없이 보는 것처럼 남도 나를 큰 관심 없이 본다는 것도 알게 되었다.

그래서 마침내 자유와 평화의 시기가 도래했다. 평가의 대상에서 벗어나면서 남의 눈으로부터 자유로워졌고 비교 경쟁하지 않으니 평화가 왔다.

나는 남의 눈을 의식하지 않고 마음껏 거울 앞에 선다. 이런저런 시도를 한다. 안 입던 원피스를 입고는 세상 편한 옷이 원피스구나 느낀다. 반지, 팔찌, 귀걸이, 목걸이를 주렁주

렁 단다. 액세서리를 깜빡 잊고 외출하면 엘리베이터를 타고 내려갔더라도 귀찮음을 무릅쓰고 다시 올라가서 액세서리를 달고 나온다. 페디큐어를 하는데 시간과 돈을 쓰는 것을 부끄러워하지 않는다. 화장은 여전히 잘 안 한다(화장은 너무 귀찮다). 남들이 나를 어떻게 보든 말든 상관없다고 생각하니까 마음 가는 대로, 하고 싶은 대로 하고 다닐 수 있다.

'탈코르셋'이란 말이 들리고 꾸밈 노동을 거부한다는 선언도 들린다. 그런 말이 만들어지고 그것에 관해 여러 생각이 나누어지는 일이 좋고 반갑다. 내 생각엔 탈코르셋에서 말하는 코르셋은 화장, 옷차림 그 자체는 아닌 것 같다. '꾸며야 한다'든 '꾸미지 않아야 한다'든 '안 꾸민 듯 티 나지 않게 꾸며야 한다'든 그 어째야 한다는 모든 사회적 시선과 압력이 코르셋이다. 십 대 학생들에겐 화장을 못 하게 하는 게 코르셋이고 이십 대 직장인에겐 화장을 꼭 하라고 하는 게 코르셋이다. 타인의 차림에 대해 이래라저래라 간섭하고 평가하는 일이 코르셋이다.

당연했던 것을 당연하게 여기지 않는 일, 불편한 것은 불편하다고 말하는 일, 내 몸은 내 마음대로 하겠다고 말하는 일이 코르셋을 벗는 일인 것이다. 내게는 이제껏 해보지 않았던 것들(진주 귀걸이, 꽃무늬 원피스, 리본 달린 모든 것들)을 해보는 것이 코르셋을 벗는 일이다.

내가 오십이 넘어서야 느끼게 된 몸의 자유와 평화를 지금의 십 대, 이십 대들은 더 기다리지 않고 가지려 하는 모양이다. 아아, 똑똑한 것들 같으니라고.

지성은 비탈에 서 있다

"글쎄? 난 잘 모르겠어."

이렇게 말할 때가 종종 있다. 여러 가지 뜻을 가지고 있는 말이다.

a. 내 생각은 좀 다르지만 말하면 분위기 썰렁해질 것 같네.

b. 내 생각은 이렇지만 괜한 시비에 휘말리고 싶지

않아.

c. 결론은 이미 있지만, 더 사려 깊고 신중한 성격으로 보이고 싶어.

d. 너랑 이야기하기 싫어.

말로는 "모르겠다"고 해도 사실은 내 입장이 있었다. 나는 생각, 의견, 주장이 뚜렷한 편이고 혹 뚜렷하지 않다면 뚜렷해지기 위해서 노력하는 편이었다. 모르는 일은 알아보려고 했던 것이다. 어떤 것이 논란이 되면 나와 큰 관련이 없는 것이라 해도 논란 자체에 관심을 가졌다. '오오, 세상 사람들은 요즘 그런 문제로 싸우는구나. 나는 어느 쪽 편을 들까?' 생각했다. 좋은 말로 하면 외부 세계에 대한 관심, 호기심 때문이고 더 솔직히 말하면 무슨 일이든 끼어들어 참견하고 싶은 오지랖 천성 때문이었다.

"그랬었다"라고 말하는 이유는 더는 그렇지 않기 때문이다. 더는 그럴 수가 없는 지경에 이르렀다. 주변에서 벌어지고 있는 일들에 대해 한마디 끼어들고 아는 척하고, 내 생각은 이렇다고 말하는 것이 힘들어졌다. 이유는 '진짜 몰라서'다.

예를 들면 가상화폐를 규제해야 하는가 마는가 하는 문제. 그게 뭐야? 가상화폐라니? 비트코인이라니? 암호화폐라니? 그게 뭔데? 이러저러한 것이라고 몇몇에게 설명을 듣기도 했지만, 개념 자체가 이해가 안 갔다. 무엇보다 설명을 듣고 이해해보려는 노력 자체가 피곤하고 귀찮았다. '뭐야 그게. 그런 거 쓰지 말라고' 하는 생각만 들었다(그게 돈처럼 유통이 된다고? 에이, 그러지 마).

신용카드를 사용하기 시작했을 때 현금만 쓰던 사람들은 아무래도 미심쩍어했다. 우리 엄마는

"그게 외상이야 외상. 신용이 있으면 외상을 해주는
거지."

라고 이해하며 신용카드 사용자 대열에 합류했다. 하지만 아빠는

"돈이 있으면 쓰고 없으면 쓰지 말아야지 왜 외상을

저? 외상도 자꾸 하다 보면 버릇되는 거야."

라고 말하며 끝까지 신용카드를 안 만드셨다. 선사 시대 사람 중 일부는 어느 날 물고기 한 마리를 조개껍데기 하나와 바꾸기로 했을 때 '멘붕'이 일어났을 것이다. 나처럼 '그게 뭐야? 그런 거 하지 마' 생각했을 것이다.

조개껍데기를 받아들고 황망하게 서 있는 원시인. 내가 요즘 느끼는 기분이 그렇다.

미디어에서는 점점 내가 모르는 단어들이 많이 나오고 특히 금융이나 IT 쪽으로는 대체 뭐가 어떻게 돌아가고 있다는 건지 알 수가 없다. 내 생활과 관련된 중요한 변화들이 일어나고 있는 것은 확실한데 내가 그 변화를 따라잡을 수 있을지 확신이 없다. 이러다간 은행에 있는 내 돈 찾는 것도 스스로 못하는 날이 올지도 모른다는 공포가 생긴다. 지금 노인들이 온라인 기차표 발권이 어려워 입석표를 사고 영화관, 커피숍에서도 긴 줄을 서며 시간과 금전적인 손해를 보는 것과 마찬가지로 말이다. 나 역시 가끔 가던 마트에 갑자기 계산원이 사라져버려서 자율계산대에서 허둥거렸던 기억이 있다. 시간이 더 지나면 일상생활을 유지하는 것조차 매번 누구에게 묻고 도움을 받아야 할지도 모른다. 세상이 어떻게 돌아가는지는 당연히 모르겠지.

그런데 단순히 기술이나 기능, 지식의 문제가 아니다. 터치스크린이나 리모컨 작동법 정도야 열심히 배워 익히면 어찌어찌 따라갈 수도 있을 것이다. 문제는 '지성'이다. 사태의 전모를 파악하는 능력이라든가 분별력, 판단력 같은 것들 말이다. 내 지성은 비탈에 서 있다. 언덕 위에 올려둔 자동차는 '무지'의 브레이크가 한번 풀리자 점차 가속이 붙어서 정신없이 내려가고 있다.

나는 의견을 잃어간다. 알아야 의견이 생길 텐데 앎이 쉽지 않으니 의견을 갖기도 어렵다. 나는 페미니즘에 대한 의견을 명확히 갖기가 어렵다. 나는 당연히 페미니스트라고 생각했는데 몇몇 독자에 의해 내 소설이 여혐이라고 공격을 받았다. 나는 당황했고 아직도 잘 이해를 못 하겠다. 이민자 문제에 대해서도 이쪽 말을 들으면 이쪽이 맞는 것 같고 저쪽 말을 들으면 저쪽이 맞는 것 같다. 언론의 자유는 어디까지인가, 무엇이 언론인가, 무엇을 명예 훼손으로 볼 수 있나, 또 그것과 관련하여 어디까지가 공인인가. 이런 문제들에 대해 의견을 갖기가 어렵다. 예전에는 의견이 있었던 문제도 사회 환경이 바뀌면서 내 의견은 근거가 많이 약해졌다. 이전에 내가 당연하게 생각했던 것이 이제 더는 당연하지 않은 게 얼마나 많은지.

나이가 들면, 한 50년쯤 살다 보면 어디서 주워들은 것도 많아진다. 이런 일 저런 일 겪기도 했고 다양한 사람들을 많이 만나기도 했다. 그러니 스스로 아는 게 많다고 생각한다. 살아온 세월이 있으니 당연히 경험도 많다. 원래 의견과 주장은 지식과 경험이라는 토대가 있어야 한다. 그래서 나이 든 사람은 매 사안에 의견과 주장을 가지기 쉽다. '내가 겪어봐서 아는데', '그거 옛날에 나도 다 해본 건데' 하며 확신하는 것이다.

그래서 오십 대가 위험하다고 생각한다. 젊지도 늙지도 않은 세대, 알 건 다 안다고 생각하는 세대, 사회에서 뒷전으로 밀리지 않았고 현역으로 뛰고 있는 세대, 세상이 변해가는데 변한 세상에서도 아직은 힘을 가지고 있는 세대, 그러니 잘 모르면서도 무엇을 우기기 딱 좋은 세대다. "옛날엔 다 그랬어" "나 때는 안 그랬는데" "세상이 미쳐 돌아가는구나"라고 말하는, 구세대임을 인정하지 않는 구세대. 살던 대로 살려고 안간힘을 쓰는 세대.

사회 환경은 변한다. 지금껏 꾸준히 변해왔고 변화의 속도는 점차 빨라진다. 지금 사는 세상은 나이가 젊으나 늙으나 처음 살아보는 세상이다. 이런 세상을 미리 살아본 사람은 아무도 없는 것이다. 나이 든 사람이 가지고 있는 지식과 경험이 더는 쓸모없을 수도 있다. 세상은 더는 내가 아는 방식으로 작동하지 않는 것이다.

그래서 나는 하나의 결론을 내렸다. 내 결론은 '모르는 건 모른다고 말하기' '내가 매우 자주 틀린다는 것을 명심하기' '쉽게 결론 내지 않기'다. 비겁하게 들릴 수도 있지만 내가 할 수 있는 최선이라고 생각한다.

내가 알고 있는 것은 당연히 기성세대의 앎이고 앞으로의

세상은 지금의 십 대, 이십 대들이 살아갈 세상이다. 그러니
굳이 저항하지 않기로 한다. 이야기를 들어본다. 들어봐도 잘
모르겠다. 그러면 '아, 또 잘 모르겠네' 하고 치운다. 지성은
비탈에 서 있다.

똘똘이 물방울에게 무슨 일이

쉰이 넘은 나이에 건망증에 관해 이야기하는 것은 진부하다. 가스 불을 끄지 않아 집에 불이 날 뻔한 적도 여러 번이고 차 열쇠나 휴대폰, 지갑 등을 두고 나와 다시 집으로 돌아가는 일은 부지기수다. 냉장고 문을 열고 내가 왜 이 문을 열었을까 진지하게 고민하면서 전기료만 올리는 일도 일상일 뿐이다.

나이 탓을 하기에는 전과가 너무 많다. 젊을 때도, 심지어 어릴 때도 나는 깜빡하기 일쑤였고 엄마에게 '정신머리 없다'

는 소리를 자주 들었다.

　오래전 우리 아이들이 어릴 때 일이다. 친구들과 만나기로 약속을 했다. 아이 둘을 키우는 입장이라 외출 한번 하기가 쉽지 않았다. 아이들과 남편을 시댁에 보내고 주말을 즐길 생각을 하니 가슴이 두근거릴 정도로 신이 났다. 모처럼 차려입고 분도 바르고 약속 장소인 신촌으로 향했다. 버스를 탔는데 주말이라 길이 꽉꽉 막혀서 나는 조금 늦는다고 전화하려고 휴대폰을 꺼냈다. 전화를 걸려는데 휴대폰이 뭔가 이상했다. 그때는 나름대로 최신 폰이던, 손 안에 쏙 들어오는 작은 폴더형 휴대폰, 광택이 나는 블랙 컬러의 내 휴대폰이 뭔가 낯설어 보였다.

　　"뭐야 이거?"

　휴대폰을 들여다보던 나는 가슴이 철렁 내려앉았다. 내가 급하게 가방 속에 쑤셔 넣고 나온 것은 우리 큰애의 '파워레인저 매직포스 매직폰'이었던 것이다. 매직폰은 검정색 내 휴대폰과 사이즈도 비슷하고 색깔도 똑같았다. 버튼을 누르면 신호음도 나고 여러모로 진짜 휴대폰과 비슷해서 큰애가 아끼는 장난감이었다. 가격도 비쌌다. 문제는 그 매직폰에 전화번호는 전혀 저장되어 있지 않다는 점이었다. 나는 졸지에 친구들과 전혀 연락이 닿지 않는 끈 떨어진 신세가 되어 버렸다.

우리는 신촌에서 만나자고만 했지 정확한 장소를 정하지는 않았다. '근처에 와서 전화해' 그게 약속의 내용이었다. 친구들이 지금 어디 모여 있는지 알 수 없었고 알아볼 방법도 없었다. 정말 까맣게 아무 전화번호도 기억나지 않았다. 대학에 다닐 때만 해도 웬만한 친구네 집 전화번호는 몽땅 다 기억하고 있었지만, 휴대폰을 쓰고부터는 내 집 전화번호조차 가물거리니 당연한 일이었다. 남편은 시댁에 가 있고 집은 비었다. 우리 집 근처에 사는 올케에게 부탁해서 우리 집에 가서 내 휴대폰 좀 봐달라고 할까? 하지만 올케 전화번호도 기억나지 않았다.

나는 무작정 신촌역 근처의 카페를 열 군데 정도 뒤졌다. 하지만 기적적인 상봉 따위는 이루어지지 않았고 나는 터덜터덜 혼자 집으로 돌아올 수밖에 없었다. 아이들 없이 밖에서 친구를 만나는 1년에 한 번 있을까 말까 한 그 소중한 기회를 나는 그렇게 날려버렸다.

나중에 친구들과 통화하면서 배가 아프도록 웃었다. 그때만 해도 나 자신의 '정신머리 없음'을 마음껏 비웃을 수 있을 정도의 여유는 있었다.

그렇다. 자신의 건망증을 깨닫고 웃음이 난다면 아직은 자기를 믿는다는 뜻이다. 마음속 깊은 곳에서는 그런 행동을 '귀여운 실수'로 여기는 것이다. 그런데 쉰이 넘어가면서 이건 좀 정도를 넘었다 싶은 때가 온다. 라면 끓여 먹고 난 빈냄비를 김치통과 함께 소중하게 냉장고에 넣어두었을 때, 고양이 화장실 똥 푸는 삽을 국자 옆에 나란히 걸어두었을 때는 웃음이 나기는커녕 맥이 탁 풀릴 만큼 낙담하게 된다.

"나 정말 왜 이러지? 병원에 가봐야 하나?"

그저 건망증으로 치부하고 웃어넘기지 못하고, 혹시 경도인지장애가 아닐까 진지하게 고민하게 되는 나이가 된 것이다. 나이가 들면 신경 세포의 수도 감소하고 신경 세포 간의 수용체 수도 감소하고 신경 전달 물질이 원활히 기능하지 않아 기억력에 문제가 생긴다고 한다. 똘똘이 물방울 수 자체가 줄어들고 똘똘이 물방울이 타고 다닐 탈것의 수도 줄어들어서 교통난이 생긴다는 뜻인 것 같다. 그러니 기억창고에 뭘 넣고 꺼내는데 당연히 문제가 생길 것이다. 이런 종류의 일은 한꺼번에 일어난다. 뼈 밀도도 줄고, 머리숱도 줄고, 신경 세포도 준다. 이 와중에 줄어들지 않는 것은 몸무게뿐이다.

모모와 제제가 종일 컵을 쓰고 아무 데나 늘어놓는 통에 스트레스였다. 물 한 잔 먹고 식탁에, 콜라 따라 마시고 책상에 그대로 둔 컵들이 하루에 열 개는 되었다. 집 안을 돌아다니며 컵들을 수거해 씻는 일도 귀찮았다. 나는 애들에게 개인 컵을 지정해주었다. 뭐든지 자기 컵에 먹고 다른 컵은 건드리지 말라고 했다. 부엌에 자기 컵이 없으면 네가 컵을 찾아다 씻어서 먹으라고, 자기 컵을 못 찾으면 물도 못 먹는다고 못을 박았다.

"알았어? 다른 컵은 쓰면 안 돼. 각자 컵에 표시할게."

나는 서랍을 뒤져 애들 어릴 때 쓰던 비닐 스티커를 찾아 냈다. 집 안의 컵들이 모두 똑같은 코렐 컵이었기 때문에 모모의 컵에는 도깨비 스티커, 제제 컵에는 개구리 스티커를 붙였다. 그런데 혹은 반대였는지도 모른다. '혹은 반대였는지도' 사실은 그것이 문제였다. 그날 저녁 모모가 부엌에서 소리쳤다.

"야! 어떤 ××가 내 도깨비로 물 마셨어?"

제제가 나와 봤다.

"어? 내가 도깨비 아닌가?"
"내가 도깨비야."
"아닐걸? 엄마가 내가 도깨비랬는데? 아닌가? 개구
린가?"
"누가 도깨비야. 엄마?"

아이들 둘 다 나를 쳐다봤다. 나는 당연히 기억나지 않는

다. 누가 도깨비였더라? 좋아, 그럼 싸우지 말고 다시 정하자
고 했다.

  "좋아, 그럼 모모가 뭐 할 거야? 네가 도깨비 할 거
    야? 개구리 할 거야?"
  "내가 개구리."
  "그래, 그럼 제제가 도깨비지? 응? 너희가 외워."

그래놓고 다음 날 모모가 또 소리쳤다.

  "야! 어떤 ××가 내 개구리로 물 마셨어?"
  "어? 내가 개구리 아닌가?"

아이들 둘이 나를 쳐다보지만 나는 또 모른다.

  "야! 니들이 외우라고 했잖아!"

내 시도는 이틀도 지나지 않아 실패했다. 도깨비고 개구리

고 간에 다시 컵이 열 개씩 식탁 위에 나와 있다. 깨달은 것이 있다. 문제는 바로 이것이다. 아이들이 자신의 도깨비와 개구리를 스스로 기억하지 않는다는 것이다. 자기 컵 딱 하나만 기억하면 될 텐데 그걸 안 하고 엄마를 쳐다본다.

건망증은 맥락 없는 여러 가지 생각을 동시에 하면서 생긴다. 냉장고를 열면서 저녁 반찬을 걱정함과 동시에 작은 애의 중간고사 영어 시험을 걱정하고 또 동시에 남편의 춘추복을 세탁소에서 찾아왔는지 아닌지 생각하다 보니 냉장고 문을 열고 멍하니 서 있게 되는 것이다. 한 사람이 자신의 일상과 관련해 기억할 일이 백 가지라고 치면 다른 가족들은 자신의 그 백 가지 대부분을 '엄마'에게 떠넘긴다. 몇 시에 나가야 하니 깨워달라고 하고, 전에 산 여름 바지가 어디 있냐고 묻고, 수학 학원 쉬는 날이 언제냐고 묻는다. 양말이든 가위든 수정 테이프든 뭐든 없으면 엄마부터 부른다.

그것들을 다 기억하고 다 신경 써 처리하는 것은 불가능한 일이다. 안 그래도 신경 세포가 죽었다지 않는가? 나이 들어 죽어버린 신경 세포를 어쩔 것인가. 똘똘이 물방울이 줄어들었다면 똘똘이 물방울이 할 일을 줄여주는 수밖에는 없다.

건망증 치료법은 오직 하나, 많이 기억하지 않는 것뿐이다. 꼭 기억해야 할 것만 하고, 나와 관련된 일만 꼼꼼히 챙기고, 다른 것은 놔둔다. 가방 속에서 체육복을 꺼내 놓지 않아 냄새가 찌든 것을 다시 입고 가야 하거나 말거나, 알람 맞추는 걸 잊어서 약속에 늦거나 말거나 놔둔다. 자기 일상은 자기가 챙기도록, 자기 걱정은 자기가 하도록 둔다. 도깨비고 개구리고 간에 온 집 안에 컵들이 여기저기 널려있지만 나는 내 도자기 컵만 챙긴다. 쓸 컵이 없으면 아쉬운 사람이 찾아서 씻어 쓰기 마련이다.

그렇게 해서 건망증이 조금 나아졌나 하면 솔직히 그렇진 않은 것 같다. 나는 여전히 깜빡깜빡 정신이 없고 나쁜 아니라 온 가족과 집이라는 공간까지 갱년기의 혼돈을 같이 겪고 있다. 그러나 어쩔 것이냐. 세상에는 불가항력이라는 것도 있는 법이다.

2장

약간의 거리를 둔다

자식과도

나는 옛사랑과 한집에 산다

외출했다 돌아오는 길에 아이를 봤다. 하굣길에 제 친구들이랑 무슨 얘기를 하는 건지 큰 소리로 떠들며 걸 어오고 있었다. 제제는 길을 갈 때 도무지 주변을 살피지 않 는다. 스마트폰을 들여다보거나 친구들이랑 정신없이 떠들 거나 뭐 중요한 일이라도 되는 양 집중해서 손에 든 실내화 주머니를 발끝으로 차며 걷는다. 제제가 먼저 누군가를 알아 채기는 쉽지 않다.

"제제! 아들!" 크게 부르고 싶지만 나는 기다렸다. 아들은 길에서 큰 소리로 자기 부르는 것을 싫어한다. 내 생각에는 공공장소에서 엄마가 존재를 드러내는 것 자체를 싫어하는 것 같다.

나는 길 한쪽에 멈춰 서서 제제를 주시했다. 혹시 못 보고 지나치면 그때 가서 불러야지 생각하고 있는데 제제와 눈이 마주쳤다. 아들은 자기 친구들 눈치를 살짝 보는 것 같더니 빠른 걸음으로 내게 다가왔다.

"왜요?"
"뭐가?"
"뭔데요?"
"뭐라니?"

정말 뭐냐 이건? 왜 쳐다보냐 이건가? 내가 길에서 시비 붙는 불량배도 아니고 저랑 나랑 촌수로 따지면 일촌인데 아니, 왜냐니?

"야, 그럼 내가 친엄만데 길에서 아들 보고 생까냐?"

아들은 "아아~" 하고 고개를 끄덕이더니 자기 친구들에게로 다시 돌아갔다. 그리고 또 마구 떠들며 계속 가던 길을 갔다.

친구들과 나란히 길을 다 막으며 걸어가는 아이의 등판을 바라보며 마음이 혼란스러웠다. 길에서 우연히 엄마를 만나면 활짝 웃으며 달려와 와락 안겨야 하지 않나? 모자지간에 그 정도의 친밀감도 기대하면 안 되는 건가?

동네 친구들에게 말했더니 대부분 그런 경험이 있다고 했다.

"애가 중학생쯤 되면 길에서 절대 먼저 아는 척하면
안 돼."
"자식새끼를 길에서 만났는데 모르는 척하고 지나
가라고?"
"먼저 아는 척하면 안 된다고. 애가 모르는 척하고
가면 나도 그냥 모르는 척하고, 애가 엄마! 하고 부
르면 그때 가서 어머! 하고 반겨야지."

다들 끄덕거렸다.

"맞아, 애가 모르는 척할 땐 다 이유가 있거든."
"그렇다고 내가 먼저 쌩까면 큰일 나지. 애 완전 상
처받는다."
"뭐야? 무슨 죄 지었어? 왜 그렇게까지 눈치를 봐
야 해?"

친구들이 내 손을 토닥거렸다.

"이제 받아들여."

뭘 받아들여야 하지? 이별을. 어떤 시대의 종언을.
우리 사이는 이제 끝났다. 애정으로 충만한 사이. 서로의
가장 큰 관심사가 서로였던 사이. 좋은 일이 생기면 엄마에게
자랑하려고 뛰어오고, 속상한 일이 있을 때는 엄마를 찾으며
울고, 뭔가 열심히 하는 것은 엄마의 칭찬을 받기 위해서고,
엄마가 해 준 음식이 제일 맛있고, 엄마가 있어야 안정이 되

던 그런 아들은 이제 없다. 내가 어떤 한 사람에게 엄청난 존재였던 그 시절은 이제 끝났다.

나는 아이의 인생에서 구석자리로 밀렸다. 없으면 안 되지만(없으면 불편하니까) 있어도 크게 존재감을 어필하지는 말아야 하는 존재. 그냥 기능으로서만 존재하는 것 중의 하나가 되었다. 부엌 구석에 자리 잡은 냉장고나 틀면 나오는 온수. 뭐 그 정도가 아닐까? 아이는 하루에도 수십 번 냉장고를 이용하지만, 냉장고가 갑자기 관심을 요구하거나 좋아해달라고 주장하면 어이없을 것이다.

나는 상실감과 분노와 무기력감과 슬픔을 느꼈다. 왜냐고? 애인이랑 헤어졌으니까! 당연한 것 아닌가?

그런데 그 애인은 이제 못 보는 것이 아니라 같은 집에서 같이 밥 먹고 같이 살고 눈앞에서 알짱알짱 왔다 갔다 한다. 그냥 예전의 그 살뜰한 애정만 거두어갔다. 우리 사이에 오가던 명랑한 대화와 포근한 터치는 사라지고 유순하지 않은 눈빛, 시비조의 말투만 남았다.

"학교 어땠어?"

"학교가 학교죠."

"기분 안 좋아?"

"좋아요."

이런 대화가 몇 번 반복되다 보면 우리의 대화는 식당 아주머니와 손님의 대화와 다를 것이 없어진다.

"밥 주세요."

"뭐 먹을래?"

"뭐 있어요?"

"돈가스."

"주세요."

대화가 사라짐을 슬퍼했더니 역시 아들만 둘을 키우는 친정 언니가 조언해주었다.

"개를 키워."

"개를 키워서 뭐? 애 대신에 개랑 얘기하라고?"

"개라도 키우면 공통 화제가 생기거든. 개밥 줬냐.
개 산책시켜라. 개가 어디 아픈가. 뭐 이런 얘기 같
이 하는 거야. 애들이 개는 좋아하니까 엄마한테 개
뭐 해줘라. 개 오늘 뭐 했냐 이런 것도 물어보고 그
러던데?"

애랑 말 몇 마디 트자고 이제 개 수발까지 들어야 하나? 그
건 싫다고 생각했다(그때는 아직 우리 집에 고양이가 들어오지
않았을 때다. 고양이가 생기고 나니 언니의 말이 맞았다는 걸 알겠
다. 아이들과 내가 나누는 대화의 80% 정도는 고양이에 관해서다).

그런 상실과 고통과 저항과 투쟁의 시기("이제 우리 헤어져"
"싫어! 싫어!")가 지나자 대타협의 시대가 왔다. 말이 좋아 대
타협이지 내 입장에서는 포기와 체념이다.

나는 이제 아이들의 휴일 스케줄을 모르고("어디 가니?" "약
속 있어요" "누구랑?" "친구요") 애들은 내가 처음 보는 옷을 입
고 있는 때도 있으며 아이의 방은 언제 샀는지, 누가 줬는지

또는 이게 대체 무엇에 쓰는 건지 도통 알 수 없는 낯선 물건 투성이다. 나는 묻는 대신에 짐작하고 추측하고 상상하며 아이에 대한 관심의 끈을 놓지 않으려고 한다.

짝사랑, 외사랑이라고 해서 할 일이 없는 것은 아니다. 같이 밥 먹고 차 마시고 대화하고 끌어안지는 못하는 대신에 짝사랑은 근처에서 얼쩡거리고 우연을 가장해 자꾸만 맞닥뜨릴 기회를 만들고 너무 치대거나 집착하는 모습을 보이지 않으려고 노력해야 한다. 짝사랑도 바쁘고 신경 써야 할 일도 많다.

실연을 당했으면서도 그 옛사랑과 여전히 한집에 살면서 이렇게 애를 쓰다니. 나이 먹으며 나는 그렇게 보살이 되어 간다.

오십 대 고아의 진짜 외로움

예전 시골 친정에 갔을 때, 사랑채 툇마루에서 독특한 화분을 보았다. 막걸릿집에서도 내다 버릴 법한 찌그러지고 그을린 노란 주전자 안에 빨간 꽃이 피어 있었다. 친정 아빠가 주전자에 흙을 담고 꽃을 심어놓은 것이다.

"이건 뭐예요?"

"꽃이지. 백일홍."

"꽃을 왜 여기다 심었대?"

"그게 못쓰게 돼서."

노란 양은 주전자는 아빠가 결명자나 옥수수 차를 끓여 마실 때 자주 쓰던 것이다. '이제 깜빡깜빡하다 보니' 가스 불에 주전자 올려둔 걸 까맣게 잊고 있다가 그만 태워 먹고 말았다는 것이다. 주전자 안이 새카맣게 되었고 뚜껑에 달려있던 플라스틱 꼭지도 다 녹아서 들러붙어 버렸다. 더는 주전자로는 못 쓰겠기에 화분으로 쓴다는 것이다.

"못 쓰겠으면 버리면 되지."
"아까운 걸 왜 버리냐."
"꽃은 어디 있던 건데요?"
"저쪽에 잔뜩 피었더라. 여기 심으려고 하나 캐왔지."

친정집에서 버스 정류장으로 이어지는 길섶에 지천으로 핀 백일홍. 시골에 꽃처럼 흔한 것이 있을까? 언덕바지에는 금계국이 가득하고 길가에는 양귀비가 무리를 이루어 피어 있다. 산나리며 할미꽃이며 심은 것도 아닌 꽃이 계절마다 다

투어 핀다. 꽃이 그렇게 흔한데도 아빠는 또 꽃을 심었다. 시골집은 집터가 넓고 혼자 관리하기 어려울 만큼 텃밭도 넓었다. 집 밖에 나가면 무엇이 자랄 만한 공간이 그렇게 많은데도 아빠는 또 공간을 만들었다. 우리가 고속도로 휴게소에서 사 들고 온 테이크아웃 커피잔, 택배 왔던 스티로폼 상자를 버리지 않고 있다가 거기에 흙을 담고 뭐라도 심었다. 그렇게 만든 화분에서 해바라기 모종이 자라기도 하고 쑥갓이 꽃을 피우기도 했다. 아빠는 비어서 놀고 있는 공간 자체를 아까워했다. 흙과 땅에 기대어 살고 거기서 나는 작물 덕분에 공부할 수 있었던 사람들의 특징일까? 집 앞 길가에 지천으로 피었던 백일홍은 아빠의 노란 주전자 안에서 특별한 꽃이 되었다. 나는 그걸 사진으로 찍어서 가지고 있다.

또 언젠가는 이것저것 옛날 물건을 뒤적거리던 아빠가 뭔가를 꺼내 보여준 적이 있다. 아주 오래돼 보이는 무슨 증서였는데 읽어보니 깨끗한 글씨로 쓴 '집회 허가증'이었다. 아빠는 대학생이었고 때는 계엄 치하였는데 그때는 3인 이상이 모이는 집회를 하려면 무조건 계엄사령부의 허가를 받아야 했단다. 허가증에는 일시, 참석인원이 적혀 있었고 집회 목적은 '시 낭송회'였다. 맨 밑 계엄사령관 이름 옆에 붉은 도장이 찍혀 있었다. 50년이 넘은 증서가 신기하기도 하고 이런 시대가 있었다는 것도 놀라웠다. 하긴 집회를 하기 위해 가짜 결혼식을 열던 그런 독재 시대가 아니었나? 대학생들이 집회 허가를 받아놓고 시국선언이라도 했나 싶었다.

"시 낭송회 한다고 하고서 뭘 했어요?"
"시 낭송회를 했지."
"진짜로 시 낭송회를 했다고?"
"시 낭송회를 했다니까."

나와 남편이 웃으며 놀려댔다.

"아니, 나라가 그 지경인데 무슨 시 낭송회야."

아빠도 슬며시 웃음을 지었다. 아빠는 내가 태어나던 순간부터 이미 아빠였으므로 나는 아빠가 아닌 내 아빠를 상상할 수가 없다. 그러나 아빠도 어린 소년이던 적이 있겠지. 앳된 청년이던 적도 있겠지. 아빠는 계엄 치하에서 군인에게 허락을 받고 시를 낭송하던 순한 대학생이었다. 늙어서는 길가의 빨간 꽃을 캐어와 못 쓰게 된 주전자 안에 심는 사람이 되었다. 그리고 이제 시골집 뒷산에 묻혀 있다.

나는 쉰한 살에 고아가 되었다. 고아가 되고 보니 사는 일이 그 전과는 또 다르게 느껴진다. 인간은 필멸의 존재라는 실감이 조금은 더 생겼다고 할까. 어떻게 살았든 생의 끝은 단독자로 마주할 수밖에 없다는 것이 체감되었다.

나는 열아홉에 진학을 위해 집을 떠났다. 20년이 채 못 되게 부모와 같이 살았고 그보다 훨씬 더 긴 시간을 떨어져 살았다. 서로 사는 지방이 다르니 두어 달에 한 번 정도만 얼굴 보며 지냈다. 그래서 내 나이 마흔 중반에 엄마가 돌아가셨을 때, 일상은 별로 달라진 게 없었다. 집 안 곳곳에 엄마의 흔적이 묻은 물건이 있는 것도 아니고 매일 보던 얼굴을 못 보는 게 아니니 아무 실감이 나지 않았다. 엄마는 그저 아빠랑 같이 시골집에 계신 거로 생각이 됐고 전화하면 받을 것 같았다.

　엄마 장례를 치르고 삼우제까지 하고 집으로 오는 차 안에
서 남편이랑 장례에 대해 이런저런 이야기를 하는 중이었다.
조문객이 누가 왔었나, 감사 인사는 어떻게 하는 건가 하다가
사촌뻘 되는 동생 부부가 장례에 안 보였던 것을 알았다.

　　"○○네는 왔었나? 못 봤지?"
　　"못 봤어. 이상하다? 꼭 올 사람들인데."
　　"출장 갔거나 했겠지. 아니면 혹시 임신했나? 그런
　　　애기 들었어?"
　　"아니. 엄마한테 전화해보자."

　남편이 운전하다 말고 나를 쳐다봤다. 엄마 장례식장에 못
온 친척 소식을 물어보려고 엄마한테 전화해보자니. 그 정도
로 실감이 안 났다. 울어서 눈을 다 못 뜨는 지경이면서도 마
음 깊은 곳에서는 사실이 받아들여지지 않았나 보다.

냉동실에 하나 남은 고등어를 구워 먹으면서도 엄마 얘기를 했다. 고등어는 제주도에 사는 엄마 친구가 택배로 보내주던 것인데 엄마가 늘 전화 주문을 해줬다. 남편이 말했다.

"이 고등어도 이제는 마지막이네. 맛있었는데."
"왜? 우리가 직접 전화해서 주문해 먹으면 되지."
"전화번호를 모르잖아."
"엄마한테 물어봐."

남편이 이걸 웃어야 하나 어째야 하나 하는 표정을 했다. 남편이 천장을 올려다보며 외쳤다.

"장모님! 고등어 전화번호 좀 가르쳐줘요!"

엄마가 돌아가시고 몇 년 후 아빠마저 돌아가셨다. 이제 내게는 친정이라고 불릴 만한 곳이 남아있지 않다. 시골집은 비었고 나는 연휴에 갈 곳이 없어졌다. 연휴에 친정에 내려가는 일은 일종의 '의무'처럼 느껴져서 솔직히 귀찮기도 했다. 그래도 너무 오래 안 내려갔다 싶으면 — 거기는 와이파이가 안 돼서 — 싫다는 아이들을 구슬리고 협박해서 데리고 갔다. 하지만 이제 갈 곳이 없다. 고향이 없어졌다. '마음의 고향' 그런 것 말고 진짜 고향 말이다. 도로 정체를 피해 새벽길을 달려서 가던 곳, 그 고장, 친밀하게 느껴지는 행정 구역, 그곳이 통째로 사라진 느낌이다.

나는 책을 낼 때마다 저자 소개 면에 '대전에서 태어나 자랐다'라고 쓴다. 그게 내 정체성 중 일부라고 생각한다. 청소하다 말고 TV에서 '대전'이 어떻다고 하는 말이 귀에 들어오면 진공청소기를 끄고 서서 듣는다. 새로운 사람을 만났을 때 대전 출신이라고 하면 반가워서 '대고 앞 오거리'나 '성심당' 이야기를 한다. 지금 성심당은 많이 알지만, 그 맞은편에 있던 봉봉제과는 나와 같은 때 대전에서 자랐던 사람만 알고 있다. 봉봉제과를 기억하면 이제 신이 나서 대전에서 처음으로 에스컬레이터를 설치했던 동양백화점 이야기와 가수 신승훈이 데뷔 전에 노래를 불렀던 카페 이야기를 한다.

그런데 이제 나는 그것들과 아주 멀어져 버린 느낌이다. '이제 네가 나랑 무슨 상관인데?' 하며 그 고장이 나로부터 썩 물러난 것만 같다. 두어 달에 한 번씩은 갔는데 이제 더는 갈 일이 없다고 생각하니 커다란 상실감이 남는다. 갈 곳, 가야 할 곳이 없다는 것. 고아가 된다는 것은 그런 일이다.

어느 날 밤에 자다 말고 나는 갑자기 이런 생각이 들었다.

'이제 나는 뭔가 자랑스러울 일이 평생 없겠구나.'

새 소설의 출간을 기다리고 있는 때였다. 새 책이 나오면 어디 어디 보내야 하나 짚어보다가 든 생각이다. 좋아해 줄 부모도 없는데 새 책이 나오면 뭐 하나 싶었다.

자랑은 부모에게 하는 자랑이 최고다. 부모에게는 아무리 작은 일도 어떤 망설임, 걱정(저까짓 걸 뭘 자랑하나 하지 않을까? 잘난 체 한다고 하지 않을까?)없이 순진무구하게 자랑할 수 있다. 마음 깊은 곳부터 순수하게 자랑스럽다. 나의 작은 성취를 백 배 천 배 튀겨서 자랑스러워해 주는 사람이 부모다.

내가 슬쩍 지나가는 말로 자랑을 하면 엄마 아빠는 화들짝 반색하며 자랑스러워하고 그러면 나는 왠지 원래보다 훨씬 더 자랑스러워진다. 아빠는 내 인터뷰 기사가 실린 신문을 스크랩해 앨범에 넣어두었다. 신문에 나왔다고 놀라고 감탄하고 그 기사를 스크랩해두는 사람은 부모뿐이지 않을까? 본인도 안 하는 일을 부모는 대놓고 한다. 누구도 그것을 남우세스럽다고 하지 않고 자연스럽게 느낀다. 아빠는 내 책이 나왔을 때 주변 사람들에게 선물하고, 서점에 그 책이 자리를 잘 잡았는지 보고, 누가 그 책을 들춰보고 있으면 재미있느냐고 그거 우리 딸이 쓴 책이라고 했다. 나는 칭찬받는 어린애가 된 느낌으로 으쓱하기도 하고 다행스럽기도 했다.

그러나 이제 신간이 나와도, 새로 계약을 해도 '지나가는 말처럼 슬쩍' 이야기할 사람이 없다. 책이 되어 나오기 전의 내 원고 뭉치를 보고 "세상에, 그 많은 걸 네가 다 썼단 말이냐? 편지를 한 장 쓸래도 머리가 빠지는데 저 많은 걸 다 쓰느라고 얼마나 고생을 했겠느냐!"고 말해주는 사람이 없으니 마음으로 받는 보상이 없어진 느낌이다.

아등바등 산다고 한들 누가 나를 안쓰러워해 줄 것인가. 그래서 무엇을 해낸다 한들 누가 나를 자랑스러워해 줄 것인가. 아무리 좋은 일이 생겨도 예전처럼 뿌듯할 수는 없으리라는 예감. 좋은 일이 생길 때마다 오히려 더 허전하고 쓸쓸해지리라는 예감. 그것이 오십 대의 고아가 느끼는 진짜 외로움이다.

스마트해야 스마트폰 쓰나요

물건을 사면 사용설명서를 꼼꼼히 보는 사람이 있고(내 남편은 뭘 사면 거의 밤을 새우며 설명서를 보고 모든 기능을 다 실행해본다) 그렇지 않은 사람이 있다. 나는 그렇지 않은 사람이다.

사용설명서들은 글씨가 너무 작다. 어떤 것은 정말로 읽는 것이 불가능할 정도로 작다. 이걸 정말 읽으라고 넣어둔 것일까 싶다. 너무 두툼해도 읽기 싫다. 읽어도 무슨 말인지 모를 때도 많다. 나는 그냥 분해 조립하지 말 것, 물에 닿게 하지 말 것 정도의 유의사항만 보고 치워버린다.

　기계류(전기가 필요한 것. 뭘 누르면 뭔가 실행되는 모든 것)에 대한 공포는 예전부터 있었다. 예전에는 그 공포의 내용이 '내가 뭘 잘못 만져서 이게 고장 나지 않을까?'였다. 이제는 그 공포의 내용이 '내가 뭘 잘못 만져서 뭔가 지워지지 않을까?'로 바뀌었다. 연락처, 사진, 원고들이 어느 날 갑자기 다 사라질 수도 있다는 생각만 해도 등골이 서늘해진다.

　그러니 컴퓨터와 스마트폰은 가장 가까이에 두고 온종일 쓰면서도 여전히 낯을 가리는 '기계류'다. 컴퓨터로는 한글과 인터넷만 쓴다. 다른 걸 쓸 일도 없다. 가끔 특강 요청이 들어오니 PPT를 만들 일이 있기는 한데, 그건 남편의 도움으로 어찌어찌 해낸다.

　그리고 스마트폰. 아무리 스마트해도 본질은 폰인데 요즘 사람들은 그걸 폰으로는 잘 사용하지 않는 것 같다. 내 아이들만 해도 스마트폰으로 통화하는 건 거의 볼 수가 없다.

　나는 전화기로 열심히 쓰고 있다. 그 외 밴드나 카톡도 하고, 사진도 찍고, 게임도 하고, 음악도 듣고, 메일도 주고받고 이모저모 잘 쓴다. 얼마 전에는 드디어 은행 앱도 깔았다. 솔직히 돈을 전화기로 주고받다니, 그렇게 간편하다니 저항감이 있었던 게 사실이다. 내가 돈을 주고받는 게 이렇게 쉬우면 그 사이에 누군가가 끼어들어 돈을 가로채 가는 것도 엄청 쉬울 게 아닌가 싶었다. 그래서 조금 버텼지만, 워낙 게으른 성품이라 '편리함'이란 유혹을 당해낼 수는 없었다.

스마트폰을 사용한 지 10년쯤 되어 가니 이제는 이 기계를 어느 정도 다루게 되었다. 그러나 몇 년 전만 해도 나는 새 전화기를 장만할 때마다 모든 것을 아들에게 전적으로 의존했다. 새 폰에 열광하는 모모가 달려들어서 패턴 설정을 하고 앱을 깔고 화면을 보기 좋게 정리해주고 음악을 다운받아 주었다.

그렇게 모모가 최초 설정을 해주고 한참이 지나 처음에 설정했던 벨 소리가 지겨워진 어느 날이었다.

"모모야, 엄마 핸드폰 벨 소리 다른 걸로 바꾸고 싶어."
"바꿔."

모모는 드러누운 채 자기 핸드폰을 들여다보면서 심드렁
하게 말했다.

　　"〈도깨비〉 노래 중에 '내가 널 찾아줄게' 하는 부분
　　 그걸로 하고 싶어."
　　"하라고."

　　모모가 날 쳐다보지도 않고 귀찮다는 듯이 말했다. 그 순간
나는 가슴 속에서 욱! 하는 것이 치밀었다. 얼굴이 빨개졌다.
애를 가만히 쳐다보는데 눈물까지 핑 돌았다. "모모야, 설거
지 좀 해" 했는데 "이따가"라고 대답한다든가 "제제, 빨래 좀
개 줄래?" 했는데 "저 지금 바빠요"라는 대답을 들었을 때와
는 달랐다. 우리 아들들은 내가 뭘 시키거나 부탁할 때 발딱
일어나 말을 듣는 애들이 아니다. 귀찮아하고 미루고 늘쩡거
리고 못 들은 체 하기 일쑤다. "야! 지금 하라고!" 소리 지르
거나 '집안일을 공평하게 나누어야 하는 당위'에 대해 잔소리
하거나 '에구 앓느니 죽지' 그냥 내가 하고 만다.
　　그러나 그건 내가 '에구 그냥 내가 하고 말지' 할 수 있을

때다. 내가 능력의 우위에 서 있을 때다. '내가 할 수도 있지만 네가 도와라' 할 때는 마음을 다치지 않는다. 그러나 내가 할 수 없는 일을 부탁했는데, 내가 모르는 것을 물었는데 노골적으로 귀찮아하다니. 나는 자존심을 다쳤다.

이럴 수가! 언제부터 내가 애보다 모르는 존재가 되었나? 언제부터 내가 물어보는 사람이 되었나? 언제부터 내가 도움을 '받아야' 하는 사람이 되었나? 애들한테 무엇을 물었는데 애들이 건성건성 대답하는 일이 잦아지자 나는 폭삭 늙은 사람이 된 기분이다.

나는 대답해주는 사람이었다. 아이를 낳고 나서는 쭉, 적어도 15년 동안 나는 질문에 대답하는 사람이었다. 아이들은 온종일 나를 졸졸 따라다니며 끊임없이 물었다. "이거 뭐야?" "저건 뭐야?" "저 사람은 누구야?" "이 사람은 누구야?" "왜?" "어째서?" "그건 왜 그런데?"

"엄마, 해님이는 밤에 어디 가?"
"엄마, 제제가 어떻게 엄마 배에서 나왔어?"

"엄마, 밥이 왜 똥이 돼?"

아이는 이게 뭐야? 부류의 간단한 질문에서부터 자연법칙과 우주의 질서에 대한 심오한 질문에 이르기까지 하루 종일 백만 개의 질문을 쏟아냈다. 물었던 걸 또 묻고 대답을 해줘도 끝까지 물고 늘어지고 내가 다른 일로 바쁠 때도 끝없는 질문으로 정신을 산란하게 했다.

나는 대답해줬다. 대답이 성에 안 찼을 수도 있다. 그래도 성의 있게 대답해줬다고 생각한다. 얼토당토않은 질문, 웃기지도 않은 질문에 대답해줬다. 어쨌든 엄마는 대답해주는 사람이라고 생각했다.

아이들은 커가면서 질문이 줄어들었다. 엄마, 아빠도 모르는 게 많다는 걸 알게 됐고 엄마, 아빠에 대한 관심 자체가 줄었고 본인들도 아는 게 많아졌기 때문에 당연한 일이다.

어느 순간부터인가 나는 묻는 사람이 되었다. "학교에서 시험 잘 봤어?" "오늘 안 늦었어?" "춥지 않았어?" 애들은 그런 정도의 짧은 질문에도 그저 "응응" 그렇다는 건지 아니라는 건지 확실히 대답을 안 한다. 내가 두 번 세 번 계속 묻는 건 내가 못 알아들어서가 아니라 저희가 건성건성 대답해서다. 그래서 여러 번 물으면 그건 또 잔소리로 듣는다.

"안 추웠다니까. 엄마는 몇 번을 말해?"

추웠거나 말았거나, 밥을 먹었거나 말았거나 관심을 끊을 수도 없으니 나는 묻고 또 묻게 된다.

UFO에 대해 알아본답시고 검색창에 한글로 '유에포'라고 쓰던 무식한 것들이 이제는 엄마를 뭘 모르는 사람 취급하다니! 엄마는 아이돌 그룹 멤버 이름을 모르고, 힙합은 전혀 모르며, 게임 캐릭터를 모르고, 컴퓨터를 조립한다는 건 꿈도 못 꾸고, 최신 스마트폰의 기능을 모른다.

그건 어쩌면 자연스러운 과정일 것이다. 나는 점점 더 모르는 사람이 되겠지. 신문, 방송에는 저게 지금 뭐라는 건지 알아들을 수 없는 말들이 점점 많아진다. 별로 알고 싶지도 않은 이야기들이다(대체 비트코인이 뭐며 감자도 아니고 캐기는 뭘 캔다는 얘길까). 그렇게 구세대가 되어 가겠지. 친정 아빠는 예전에 자동차 내비게이션을 그렇게 신기하게 생각했다. "전방에 과속 방지 턱이 있습니다"라는 말이 나올 때마다 "이야, 이시골길에 방지 턱이 있는 것까지 쟤가 어떻게 알지?" 하고 큰소리로 물었다. 나도 내가 서울 화곡동에 있으면 화곡동의 날씨를, 제주도에 있으면 제주의 날씨를 알려주는 스마트폰을볼 때마다 놀라운 감정이 생기는 걸 어쩔 수가 없다. 내가 우리 아이들 나이 때 이제 모두가 개인 전화기를 들고 다니는시대가 올 것이라는 이야기를 듣고 '그게 가능할까?' 의심했으니 나를 구세대로 부른다고 해도 어쩔 수 없는 일이다. 그러나 내가 구세대임을 인정하는 것과 아이들이 나를 '뭘 잘모르는 옛날 사람' 취급하는 것은 다른 문제다. 나는 자존심상하고 속 쓰리고 더럽고 치사해서 열심히 스마트폰을 연마했다.

"내가 몰라서 못 하는 줄 알아? 안 해봐서 그렇지.
해보면 다 한다고! 벨 소리 좀 바꿔주는 게 그렇게
어렵냐? 나는 너 어릴 때 먹여주고 입혀주고 오랜

지 속껍질까지 까다 바쳤다!"

그러나 이놈의 스마트폰은 배워도 배워도 끝이 없다. 애들
한테 뭘 묻지 않고 내가 알아서 하고 싶어도 하다 보면 또 아
쉬운 게 생긴다. 나는 모모가 컨디션 좋아 보이는 때를 골라
또 묻는다.

"모모야. 카톡 캡처는 어떻게 해?"

자식과도 약간의 거리를 둔다

비행기가 활주로를 달린다. 부우우웅- 계속 달린
다. 활주로는 끝이 보이지 않는다. '아니, 언제까지 이렇게 달
리기만 할 거야? 비행기라는 게 날아가야 하는 것 아니야?'
하는 생각이 들 때쯤 부우우웅- 하던 비행기는 갑자기 부우
와아아아-앙! 한다. '우와! 빨라!' 그 순간 몸이 붕 뜨는 느낌
이 확실히 온다. 아들은 기쁨에 찬 눈을 동그랗게 뜨며 나를
본다. 나는 열심히 고개를 끄덕여주었고 아들은 비행기 창에
코를 박고 멀어지는 들판이며 바다, 구름을 지치지도 않고 내

다보았다.

제제와 여행을 갔다. 제제는 비행기도 처음, 해외여행도 처음, 학교에 현장 체험학습을 신청하고 평일에 결석하는 것도 처음, 엄마랑 둘만 가는 여행도 처음, 다 처음이었다.

아들과 단둘이 여행이라. 이번이 처음이자 마지막이겠지 생각했다. 큰아이 모모는 고2 때 이제부터 여름휴가를 가족과 함께 가지 않겠노라고 선언했다. 그리고 친구들하고 속초에 가서 일주일이나 놀다 왔다. 작은 애는 아직은 부모랑 같이 휴가를 보내지만, 곧 제 형처럼 하겠다는 날이 올 것이다.

나는 여행을 준비하면서 퍽 들떴다. 엄청 재미있고 유익한 시간이 될 것 같았다. 제제는 흔히들 말하는 '딸 같은 아들'이다. 과일을 깎아주면 우리 집에서 유일하게 제제만 "엄만 왜 안 먹어요?"라든가 "엄마도 드세요"라는 말을 해준다. 과일 깎고 나서 껍질 처리도 하고 칼이며 쟁반도 씻고 돌아서면 내가 깎아둔 과일은 늘 흔적도 없이 사라진 터라 제제가 그런 말을 해주면 그저 감동이다. 무엇 때문에 야단을 좀 치고 나면, 좀 있다 슬며시 방문을 열고 들어와 "엄마 많이 속상해요?"라고 물어서 나를 눈물 나게 하는 아이다.

여하튼 둘이서만 가는 여행의 시작은 참 좋았다. 나도 패키지여행은 처음이었다. 우리 팀은 16명이었고 4박 5일 동안 작은 버스 하나를 대절해서 함께 다녔다. 초등학생인 여자애 몇 명과 그 아이들의 엄마 그룹이 있었고, 취업 기념으로 온 모녀가 있었고, 또 친정 부모님과 딸, 손주 3대가 함께 온 가족이 있었다. 가이드는 사십 대 초반쯤으로 보이는 여성이었다. 일행 중에서 남자라고는 가족이 함께 온 팀의 할아버지와 내 아들 제제, 딱 둘 뿐이었다.

제제는 단박에 시선을 끌었다. 모녀 여행은 많아도 모자 여행은 잘 없다고 했다. 다른 아이 엄마들은 자꾸만 제제에게 말을 걸었다. 관광지에서 관광하고 다시 버스에 탈 때마다 제제에게 "어땠니?" "재밌었니?" "뭐 샀니?" 물었다. 그건 그 엄마들이 친절하기 때문이다. 일정을 같이하고 계속 얼굴 보면서 말 한마디 안 걸고 쌩하니 지나가 버릴 수는 없다. 나도 당연히 여자아이들에게 말을 걸었다. 가이드는 엄마 따라온 청소년 남학생이 귀여운지 마이크를 잡은 채 계속 우리 아이를 불러댔다.

"여러분, 성 둘러싼 해자 보셨죠? 아들! 봤니? 어
땠어?"

하는 식이었다. 제제는… 엄청나게 싫어했다. 여행 기간 내
내 오만상을 찌푸리고 다녔다.

"모르는 사람한테 말 좀 걸지 마세요!"

라고 내게 백 번도 더 말했다. 내가 그 초등학생 여자애들
한테 말을 걸기 때문에 그 여자애 엄마들이 자기한테 말을
거는 거라고 했다. 모르는 아줌마들이 친한 척하며 자기를
'아들!'이라고 부르는 게 싫다고 했다.

제제는 내가 길 묻는 것도 싫어했다. 길을 물어보면 현지
사람들은 친절하게 우리를 그 앞까지 데려다주곤 했는데 제
제는 그게 민폐라고 했다. 여행자가 길 묻는 게 민폐라니? 말
도 안 되는 소리다. 식당에서 뭐를 좀 덥혀달라고 요구하는
것도, 편의점에서 점원에게 뭘 찾아달라고 하는 것도 다 싫어
했다. 서툰 영어를 하고 그게 안 통하면 손짓, 발짓을 동원하

는 것을 창피하게 생각했다.

예쁜 부채며 손수건을 파는 가게, 인형과 민예품들을 파는 가게에는 들어와 보려고도 하지 않았다. 시간을 들여서 꼼꼼히 구경하고 마음에 드는 것은 몇 개 사고 싶었지만 이게 예쁘냐? 저게 맘에 드냐? 이야기할 사람이 없으니 재미가 없었다. 아이가 가게 밖에서 입이 나온 채 나를 기다리고 있으니 가게 안에 오래 머물 수도 없었다. 딸들과 하하 호호 웃으며 복고양이 인형을 고르는 다른 엄마들이 그저 부러울 따름이었다.

일정이 끝난 저녁 시간도 마찬가지였다. 일행이 각자의 객실로 흩어지고 나면 저녁 시간은 나와 제제 둘이 보내야 했다. 제제는 산책을 가자는 제안도, 지하철을 타보자는 제안도 거절하고 스마트폰에만 코를 박고 있었다. 나는 이야기할 사람도 없고, 읽을 책도 안 가져왔고, 텔레비전도 볼 수 없으니 심심해 죽을 지경이었다. 여기서 아는 사람이라고는 달랑 저 하나뿐인데 나한테 어떻게 이럴 수가 있나 싶어서 괘씸했다.

제제는 내게 왜 이렇게 잔소리가 심하냐며 투덜거렸다. 온종일 붙어 있다 보니 일거수일투족이 다 눈에 들어오며 잔소리할 거리가 보였다.

"차에 타면 벨트부터 매라고 했잖아."

"아줌마가 귀엽다고 그러는 건데 넌 표정이 그게
뭐야."

"버스 내리면서 아저씨한테 인사했어?"

"더운데 양말은 왜 신었어."

"음료수 말고 물 마셔."

"여기까지 와서 왜 그런 걸 먹어."

우리는 24시간 내내 붙어있으면서 24시간 내내 툭탁거렸다.

아들하고 24시간 붙어있던 게 대체 언제였을까? 제제가 어릴 때는 정말 단 1분도 떨어지기가 어려웠다. 실제로 단 1분도. 그러니까 똥 누러 갈 때도 말이다. 화장실에서 볼일 보는 것은 참으로 개인적이고도 은밀하게 이루어지는 일이지만, 아기 엄마들은 한순간도 개인적일 수가 없다. 아기들은 엄마가 눈에 안 보이면 엄마가 사라져버렸다고 믿는 어이없는 수준이기 때문에 화장실 문도 닫을 수가 없는 것이다. 나는 화장실 갈 때 공이나 헝겊 인형 같은 장난감을 몇 개나 들고 들어가서 문을 활짝 열어놓았다. 애는 엄마를 따라 화장실 안으로 기어들어오려고 한다. 그때 장난감 하나를 던진다. 애는 장난감을 집으러 열심히 기어갔다가 그걸 집어 들고 다시 화장실 앞으로 기어온다. 그럼 다시 하나를 던지고 애는 까르륵 좋아하며 또 장난감을 따라간다. 애는 재미있는지 모르겠지만 엄마는 자신만의 과업에 도무지 집중할 수가 없다. 손에 든 장난감이 다 떨어지기 전에 일을 마쳐야 하니 초조하기까지 하다. 변비에 걸리는 건 당연한 수순이다.

아무튼 그렇게까지 나와 떨어지지 못하던 아이는 두 돌이 지나면서 어린이집에 다니기 시작했다. 어린이집에 가던 첫날은 엄청나게 울었고 며칠 뒤부터는 "안녕" 손 흔들며 잘 갔다. 아이는 자라면서 엄마와 떨어져 있는 시간이 점점 길어졌고 이제는 한집에 있어도 자기 방에만 틀어박혀서 밥 먹을 때나 겨우 코빼기를 보는 정도다. 그러니 제제가 두 살 때 이후로는 제제와 내가 가장 오랜 시간을 함께 보낸 것이 바로 이 여행인 것이다.

여행 내내, 나는 제제에게 내심 깜짝 놀라는 순간이 많았다. 제제는 내가 아는 그 아들이 아니었다. 내가 그렇게 입이 닳도록 자랑하던 착하고 다정한 아들(그러니까 바로 그 "엄마도 과일 먹어요" 말이다. 어쩌다 한번 한 소리를 가지고 참 많이도 우려먹는다고 해도 할 말은 없다마는)은 어디론가 사라져버렸다. 아들은 까칠하고 비사교적이었다. 누가 관심을 표하는 것도 싫어하고 본인도 주변에 큰 관심이 없었다. 좋고 나쁨을 떠나서 놀라웠다. 나는 제제가 밖에서 그런 모습인 줄은 몰랐다.

그래서 내가 아이를 다그쳤나? 나는 다른 사람에게 다정하게 굴지 않는 아이에게 짜증이 났고 여행을 여행답게 충분히 즐기지 못하는 것 같아 조바심이 났다. 아이는 아이대로 엄마의 쓸데없는 오지랖이 불만스럽고 끊임없는 잔소리도 지겨웠을 것이다. 그건 어쩌면 이미 오래된 일인지도 모른다. 엄마라는 존재가 지겹고 부담스러워진 것. 이것저것 다해주는 존재였던 엄마는 어느샌가 이것저것 시키는 것 많은 존재가 되었다. 공부하라고, 숙제하라고, 컴퓨터 끄라고, 방 치우라고… 제제는 착하고 다정한 아이지만 그건 엄마를 잠깐 볼 때나 가능한 일이었다. 사실 엄마에게 착하고 다정하게 구는 청소년이라는 게 가당키나 한 일인가?

어찌 됐든 여행 내내 나는 상처 받았다. 제제가 내게 보이는 어떤 것들, 차가운 거절, 짜증스러운 표정, 억지로 참는다는 듯한 태도… 그것들에 마음을 다쳤다. '애는 내가 싫구나' 그런 느낌이 들자 울고 싶어졌다. 껌딱지처럼 들러붙을 때는 언제고 이젠 나를 껌종이 취급하다니.

돌아오는 비행기 안에서 제제는 다시 창문에 코를 박았다. 비행기가 떠서 고도를 잡아 안정될 때까지 창에서 한 번도 눈을 떼지 않았다. 밖에 크게 볼 것도 없지만 비행기가 날아가고 있다는 사실 자체에 흥분하는 것이다. 그 모습을 보면서 '흥! 아직도 어린애인 주제에' 싶었다.

다녀오자 남편이 물었다.

"재미있었어? 기념으로 뭐 좀 사 오지. 왜 이렇게 아무것도 안 사 왔어? 사진도 안 찍었네? 어! 둘이 찍은 사진이 하나도 없어?"

나는 남편에게 하소연했다.

"말도 마. 내가 다시 재랑 어디를 가면 내가 재 딸이야."

속상해하는 나를 보며 남편은 왠지 신나 보였다.

"제제! 엄마가 이제 다시는 너랑 어디 안 간대."

그러면서 자식이고 뭐고 다 소용없고 나이 먹으면 부부밖
에는 없다고, 여행 가서 나처럼 당신 기분 맞춰주는 사람이
또 있는 줄 아느냐고 떠들어댔다.

나는 아들이랑 여행 다녀온 이야기를 주변 사람들에게 다
했다. 동네 언니들에게 말하고 모임에 가서도 했다. 사랑하는
아들이 얼마나 나를 외롭고 쓸쓸하게 만들었는지 이야기했
다. 내 또래의 사람들, 비슷한 경험이 있는 사람들이 공감하
고 위로도 듬뿍 해주었다. 그러니 애초에 왜 그런 짓을 해서
상처를 받느냐고 했다. 아들이 열 살 넘으면 그때부턴 그냥
옆집 애라고 생각하라고 했다. 타국에서 헤어지지 않고 같이

오긴 했으니 그러면 된 거라고도 했다.

　한참 지나서까지 무엇이 문제였나 생각해봤다. 우리 여행
은 뭐가 문제였을까? 나와 제제는 여행 스타일이 안 맞는다
는 것이 문제였다. 내가 제제를 잘못 알고 있었다는 것이 문
제였다. 사람한테 스트레스를 받는 제제를 패키지여행에 데
리고 간 것이 문제였다. 나는 제제를 잘 몰랐다.

　개그맨이나 배우의 가족들이 TV에 나와 그런 이야기를 할
때가 있다. 나는 이 애가 연예인이 될 거라고는 꿈에도 상상
하지 못했다고. 얘는 정말 평범하고 말이 없는 애였다고. 연
예인이 된다고 해서 정말 깜짝 놀랐다고.

　엄마는 아이를 다 모른다. 낳아서 길렀지만 아이는 자라면
서 점점 밖에서 지내는 시간이 많아진다. 가족 외 다른 관계
에서 영향을 받게 된다. 바깥에서 엄마가 모르는 사람과 모르
는 시간을 훨씬 더 많이 보내니 엄마가 아이를 다 모르는 것
이 당연하다. 마찬가지로 아이도 엄마를 다 모르겠지. 엄마
역시 쓸쓸하고 외로울 때도 있는 섬세한 감정의 결을 가지고

있는 사람이라는 건 상상도 못 할 것이다.

우린 누구든 서로를 다 모른다. 자식이라고 해도 가족이라고 해도 다 아는 것은 아니다. 완전히 알아야 사랑할 수 있는 것은 아니다. 잘 몰라도 어슴푸레하게만 알아도 사랑할 수 있다. 어쩌면 그래야 더 사랑할 수 있을 것이다.

세상 무엇과도 마찬가지로, 누구와도 마찬가지로 이제는 자식과도 약간의 거리를 둔다. 이제 그럴 나이가 되었다.

사춘기도 끝은 있더라

큰아이 모모는 사춘기가 아주 세게 왔다. 누군들 사춘기가 수월했으랴만 모모는 본인도 아주 힘들었고 애를 키우는 일이 처음인, 그래서 아이의 사춘기를 맞는 일도 다 처음인 나와 남편도 정말 힘들었고 시행착오도 많았다. 집 안의 집기가 부서지는 일(동네 엄마들하고 이야기해보니 아이 사춘기에 선풍기의 목이 부러지는 일은 흔한 일에 속했다. 그걸 부러뜨린 게 아이냐, 엄마냐, 아빠냐는 집안의 분위기와 권력 관계에 따라 조금씩 차이가 있었지만 어쨌든 선풍기의 희생은 막을 수 없다)

도 있었고, 집안에서는 매일같이 소음(잔소리, 고함치는 소리, 울고불고하는 소리, 문 쾅 닫는 소리)이 이어지곤 했다. 사춘기라고 말할 수 있는 시기가 2~3년쯤 이어지자 분쟁 당사자들은 양측이 모두 지쳤다.

아이가 중2 여름방학을 지나고 나서는 일종의 소강상태가 왔다. 변성기도 완전히 지나고 목젖이 튀어나오고 가슴이 벌어지는 신체 변화도 얼추 마무리되는 시기였던 것 같다.

어느 날 밤, 남편 퇴근이 늦는 날 거실에서 TV를 보고 있는데 웬일로 모모가 제 방에 틀어박히지 않고 내 옆에 앉아 있었다. 내가 말했다.

"팥빙수 먹고 싶다. 엄마랑 사러 갈래?"

모모가 조금의 틈도 없이 "그래"라고 대답해서 나는 깜짝 놀랐다. 모든 제안과 권유, 지시, 부탁을 거절하던 사춘기가 아닌가?

나와 모모는 입은 옷 그대로 집을 나섰다. 팥빙수를 파는 빵집은 걸어서 10분쯤 걸리는 큰길가에 있다. 오가면 20분이다. 나는 늘 자전거를 이용하곤 했다.

　　"자전거 타고 가자."
　　"그냥 걸어가자."
　　"좀 멀잖아."
　　"자전거 타면 엄마랑 얘기를 못 하잖아."
　　"…!"

　나는 가슴이 덜컹할 정도로 놀랐다. 감격했다고 말하는 것이 맞을까? 엄마랑 얘기를 못 한대…. 엄마랑 얘기라는 걸 할 참이야?
　나란히 걸어가며 모모는 학교 이야기, 친구 이야기를 했다. 누구누구는 엄청 웃긴다고 했고 그 애가 어떤 웃긴 짓을 했는지 얘기했다. 내가 들어도 웃겼다. 웃긴 이야기를 하며 웃으며 천천히 걸어서 빵집에 갔다. 팥빙수를 사 들고 돌아와서 나랑 모모랑 제제랑 셋이서 나눠 먹었다.

그 후로 모모와 사이가 아주 좋아졌느냐 하면 뭐 그렇지도 않지만, 모모의 사춘기(사춘기라는 것이 괴상한 질병의 일종이라고 치고)는 그날 끝났다고 생각한다.

인생의 핵심 콘텐츠는 감정

제제가 초등학생 때 일이다. 5학년이던가, 6학년
이던가….

제제는 굳은 표정으로 집에 돌아오자마자 침대에 몸을 던
졌다. 이불을 뒤집어쓰고는 울음을 터뜨렸다. 제제는 울면 제
대로 운다. 울면서 다른 일을 한다든가 우는 건지 아닌지 헷
갈리는 그런 울음은 없다. 이불에 들어가서 몸을 들썩이며 큰
소리로 엉엉 지치도록 운다.

엄마인 내 입장에서는 속에서 화산 폭발이 일어나는 일이다.

"왜 그래 제제?"

"누가 때렸니?"

"어디 아프니?"

"선생님께 혼났니?"

"친구랑 싸웠니?"

…

"대체 무슨 일이냐고!"

제제는 이불 속에서 얼굴을 잠깐 내밀고 단호하게 말했다.

"말하고 싶지 않아요."

그리고 또 운다.

"아 그래? 그럼 마저 울렴."

이러고 돌아설 수 있는 엄마가 세상에 있을까? 나는 수십
번 애 방을 들락거리면서 어르고 달래고 화내고 닦달하고 애

걸복걸(제발 말 좀 해줘. 답답해 죽을 것 같아!)해서 겨우 애를 일으켜 앉혔다. 울음 끝이 남아서 말을 제대로 하지는 못했지만, 사건은 이렇다.

제제네 조가 청소 당번이었다. 당번 사이에도 누구는 바닥 쓸기, 누구는 걸레질하기 등 담당이 나누어져 있다고 했다. 책상 닦기 담당이었던 제제는 손걸레를 빨아 와서 교실의 책상을 다 닦았다. 그런데 한 여자애가 제제에게 책상을 다시 닦으라고 했다. 별로 깨끗하지 않다는 게 이유였다. 그래서 다시 닦느라고 집에 늦게 왔다.

그게 끝? 맞다. 그게 끝이다. 제제는 여자애랑 싸우지 않고 토 달지 않고 여자애 말대로 책상을 다시 닦고는 집에 돌아왔다. 그런데 집에 오는 길에 점점 감정이 올라왔다.

"자기가 뭔데 나한테 다시 하라 말라 해? 자기가 선
생님이야?"

제제는 그렇게 말하면서 다시 눈물을 쏟았다. 자존심 상하고 분하다고 했다. 내 속에서 이차 화산 폭발이 일어났다.

"아! 그게 울 일이냐? 그게 울 일이야? 뭐 그까짓 거
로 울고불고 난리를 쳐?"

제제가 정색하고 나를 바라봤다.

"엄마, 내가 눈물이 나와서 우는 거예요. 내가 우는
데 울 일인지 아닌지를 왜 엄마가 정해줘요?"
"…!"

눈물은 감정이다. 감정은 그 사람의 개인적인 체험, 생각, 기질, 상태, 개별적인 역사성에 기초하여 자연스럽게 저절로 만들어지는 것이어서 누군가가 판단하거나 평가할 일이 아니다. '감정을 드러내는 일'에는 사회적인 제약이 따르기 마련이지만 어떤 '감정을 갖는 일' 자체는 지극히 사적인 영역이다. 이게 슬픈 일인지, 서글픈 일인지, 쓸쓸한 일인지, 씁쓸

한 일인지 판단하는 기준, 표준 따위는 없다. 같은 일을 놓고도 누구는 아주 강렬한 감정에 빠지고 또 다른 누구는 아무렇지도 않은 것이다.

제제는 학교에서는 괜찮았는데 집에 오는 동안 점점 분한 마음이 들었나 보다. 그 여자애가 평소에 제제에게 불친절했던 아이였을 수도 있고 평소에 제제에게 이것저것 시켰을 수도 있고 그게 아니라면 마음에 드는 여자애였기 때문에 더 자존심에 상처를 입었을 수도 있고…. 모든 것이 제제의 내부 영역이다. 내가 엄마라 해도 들어갈 수 없는 고유한 영역. 제제는 자기가 울고 싶어서, 눈물이 나와서 울었다. 울 일과 울지 않을 일을 엄마가 정해줄 수는 없다. 감정은 평가할 수 없다. 옳은 감정, 상황에 딱 맞는 적절한 감정이라는 것은 애초에 없다.

  "지금 상황에 슬퍼하는 건 옳지 않아. 그러니 다음부
  터는 다른 감정을 갖도록 해."

다른 사람이 내게 이렇게 말한다면 제정신이 아니라고 했을 것이다. 그런데 엄마인 나는 제정신이 아닌 짓을 참 많이도 하고 있었다. 아이가 어릴 때도 그저 내가 듣기 싫다는 이유로 "울지 마! 뚝" 애를 윽박질렀다. 아이가 슬픔이나 화를 표현하는 것을 기다리고 참아주지 못했다.

제제는 분쟁을 싫어하는 아이다. 화가 나도 물건을 던지거나 큰소리치는 일이 없다. 자라면서 누군가를 때린 일은 한 번도 없었다. 그렇다고 해도 슬프고 화나는 감정이 없었을 리 없다. 집이 가장 안전한 공간이기 때문에, 제 방에 혼자 있을 때가 감정을 드러내기에 가장 편하기 때문에 제제는 이불을 뒤집어쓰고 오래 울었는데 엄마인 나는 그걸 그냥 두고 보지 못하고 안달복달을 했다.

나는 왜 우냐고 우는 이유를 빨리 말하라고 애를 윽박지른 것이 미안했다. 그게 울 일이냐고 그건 울 일이 아니라고 말한 것도 진짜 미안했다. 그래서 "엄마가 어떻게 해줬으면 하느냐?"고 물었더니 "됐고, 내 방에서 나가기나 하라"고 해서 나는 거실로 나왔다.

속상해서 소파에 엎어졌다. 뉘 집 딸인지 모를 그 여자애를 온갖 험한 말로 욕하고, 밖에서는 아무 말 못 하면서 집에 와서 '즈그 애미'한테나 옳은 소리 하는 내 아들도 욕했다. 저녁에 집에 온 남편에게 일러바치고 동네 언니들, 친구들을 만나서도 이 이야기를 했다. 제제가 우는 일도 감정을 표현하는 일이고, 내가 그런 제제 이야기를 여기저기 하는 것도 역시 '감정을 표현하는' 일이다.

감정을 드러내고 표현하고 내가 이런 기분이었어, 이런 느낌이야 이야기한다는 것은 참 좋은 일이다. 감정은 굉장히 중요한 것이기 때문이다.

감정이라는 것이 인생의 핵심 콘텐츠라고 나는 주장한다. 예술과 문화의 핵심에 감정이 자리 잡고 있다. 예술적 체험이라는 것은 어떤 강렬한 감정에 사로잡히는 경험이다. '강렬'이 중요하다. 낯설기 때문에 강렬해진다. 혹은 지나치게 친숙해서 그저 스쳐 지나갔던 것을 새롭게 눈앞에 바짝 들이댈 때도 강렬한 감정을 느낀다. 인생의 풍성함이란 바로 거기에 있다고 나는 생각한다. 살면서 얼마나 많은 감정을 얼마나 강하게 느꼈는지, 또는 섬세한 감정의 결들을 예민하게 제대로

다 느끼고 살았는지.

스포츠도 감정의 산업이다. 곰곰 생각해보면 세상 쓸데없는 일(대체 그 구멍에 왜 공을 집어넣어야 하지?)인데 인류는 온 역사 내내 작은 바구니에, 조그만 구멍에, 네모난 구역에 동그란 공을 집어넣으려고, 또는 집어넣는 것을 보려고 안간힘을 써왔다. 너무 쉽게 집어넣지 못하게 하려고 계속 복잡한 룰을 만들었다. 인간은 왜 생존과 별 관계없는 '구멍에 공 집어넣는 기술'에 계속된 집착을 보여 왔을까? 거기에 들어가는 천문학적인 돈, 인생을 바치는 선수들, 그들의 서포터들, 그것과 관련된 어마어마한 산업을 보라.

그것은 스포츠의 토대에 감정이 있기 때문이라고 생각한다. 흥분, 두근거림, 초조, 폭발적인 기쁨, 실망, 좌절, 분노, 연대감 등의 강렬한 감정이 안전한 공간에서 펼쳐진다. 내 감정 때문에 피해 보는 사람이 없고 내 감정에 대해 책임을 덜 져도 되는 기회다. 감정을 불러일으켜 주고 그것을 표현하도록 독려해주는 일, 그것이 스포츠다. 사람들이 좋아하는 것은 스포츠 그 자체라기보다는 스포츠로 인해 생기는 '열광적인 감정(나는 평창 동계 올림픽을 보면서 컬링에 열광했다. 솔직히 말해서 그전에는 컬링에 관심도 없었고 경기의 룰도 전혀 몰랐다. 올림픽 끝나고 나서는 아무 죄책감 없이 컬링에 관심을 끊었다. 컬링을 좋아한 게 아니라 열광을 좋아한 것이다. 이겨라 이겨! 응원하는 일이 즐겁고 이기면 폭발적으로 기뻐하는 일이 좋다)'이다. 그래서 최고의 기술을 보여주는 프리미어리그보다 동네의 조기축구가 더 재미있을 수 있는 것이다.

감정이라는 것이 그토록 중요하니 나는 일상에서 감정을 드러낼 기회 또는 강한 감정이 느껴질 기회를 자꾸만, 열심히, 어떻게든 만드는 것이 좋다고 생각한다. 그게 삶의 내용을 채우는 일이라고 생각한다. 그래서 여행도 가고 영화도 보고 재미있는 일을 찾아다니기도 하는 것이다. 또 미세한 감정들도 놓치지 않으려고 애쓴다. 비가 내리는 날, 찻집에 앉아서 맞은편 건물 벽이 비에 젖어 점점 색이 변하는 모습을 바라보는 일. 그때의 느낌. 아파트 옆의 초등학교에서 아이들이 체육 시간에 내는 구령 소리가 꿈결처럼 들려오면서 사르르 잠이 올 때. 그때 느껴지는 감정. 그런 것들 하나하나가 다 소중하다. 남는 것은 그런 것들이기 때문이다.

내가 감정을 풍성하게 느끼는 일과 함께 누군가의 감정을 받아주는 일도 중요하다. 누가 내게 와서 울거나 속상한 일을 하소연하거나 신나는 일을 자랑할 때 적극적으로 호응하고 함께 해주는 일은 그야말로 복을 짓는 일이다. 우리는 그런 곳, 내가 안전하게 내 감정을 드러내 보일 수 있는 곳을 간절히 찾아 헤매기 때문이다. 나는 누군가에게 그런 존재가 되어주고 있는지 생각해보게 된다. 나는 내 아이들에게 과연 그런 존재일까?

나는 말하고 싶다. "모모야 제제야, 내게 와서 울어라. 내게 와서 한탄해라. 내게 와서 밖의 사람들 누구를 욕하고 화내라. 좋은 일은 실컷 좋아하고 잘한 일은 지치도록 자랑하고 으쓱대라. 그러라고 내가 있는 거란다."

3장

반환점 돌기

발랄하게

층계참에서 지르박을

집 앞에 큰 복지관이 있다. 도서관, 강의실, 체육 시설, 식당, 카페를 갖추고 있다. 신축 건물이고 시설이 아주 훌륭하다. 각종 강좌도 열린다. 나는 강좌도 듣고 도서관도 가고 카페도 이용한다. 거의 매일 복지관에 들른다고 보면 된다.

복지관 중앙에는 1층부터 3층까지 연결된 커다란 나무 계단이 있다. 계단으로도 쓰지만 1층 홀에서 작은 공연이 열리면 관람석으로도 쓰는 것이라 층계참이 아주 널찍하다. 일주일에 한 번 그 층계참이 복작댈 때가 있다. 라틴 댄스 수업을 기다리는 사람들이 이전 시간에 배운 스텝을 층계참에서 연습하는 것이다. 한두 커플이 앞으로 뒤로, 스텝을 밟으며 손을 잡고 돌고 다른 사람들은 계단에 걸터앉아 훈수를 두며 웃기도 한다.

그런 광경이 펼쳐지면 나는 넋을 놓고 구경한다. 춤을 잘 모르니 '저게 지르박인가? 아니, 탱고인가?' 혼잣말하며 본다. 볼 때마다 왠지 마음이 푸근해진다. 나이 든 사람들이 춤을 추는 것을 보는 일. 더 잘하고 싶어서 연습하는 것을 보는 일. 무엇이든 연습을 한다는 것은 참 좋은 일이다. '연습'이라는 건 내일을 바라보는 일이다. 지금 잘 못하지만 거기에 시간과 노력을 쌓아서 잘해보기를 바라는 것이다. 하다 보면 더 잘할 것이라고 예상하고 기대하는 것이다. 내일이 반드시 있으리라는 희망, 내일의 내가 지금의 나보다 나았으면 하는 욕망.

라틴 댄스 수강생들은 대부분 노인이다. 아니, 노인이라고 말해버리기는 좀 미안한 정도의 아저씨, 아주머니들이다. 그런데 춤 연습을 할 때 보면 다들 아이 같다. 발을 옮기고 팔을 올리고 시선을 맞추고 속상한 표정을 지었다가도 곧 웃는 사람들. 무언가 배우고 연습하는 사람들은 모두 어린아이 같다. 서툰 모습, 그래서 잘하려고 연습하는 모습은 귀엽게 보인다. 귀여운 사람들을 구경하는 일은 즐겁다.

제제가 기타를 배우고 싶다고 해서 얼씨구나 하고 얼른 기타를 사주었다. 러닝셔츠 차림으로 삐딱하게 앉아 기타를 뚱땅거리는 그런 아들(왠지 그런 청소년이 멋있다)이 갖고 싶었다. 남편도 여학생들에게 인기가 있으려면 기타를 칠 줄 알아야 한다는 7080 같은 이야기를 하며 적극적으로 독려했다.

제제는 일주일에 한 번, 두어 달쯤 기타 강습을 받더니 ― 당연히 ― 금세 때려치웠다. 재미가 없다는 것이다. 처음에는 원래 재미가 없고 간단하게라도 노래를 반주할 수 있을 때까지만 참으면 재미가 생길 거라고 말해도 ― 당연히 ― 설득이 안 됐다. 강습만 다닐 게 아니라 집에서 30분씩이라도 꾸준히 연습해야 실력이 늘 것 아니냐고 잔소리를 했지만 ― 당연히 ― 씨알도 안 먹혔다.

기타는 집 안에 있는 여러 가지 애물단지 중의 하나가 되었다. 사놓고 안 쓰는 어깨 안마기, 1년 이상 방치한 골프채, 생전 켜놓는 일이 없는 대형 스탠드 등등과 함께 거실 구석에서 청소에 방해가 되었다. 기타는 바닥이 둥그니 세워놓아도 자꾸만 쓰러져서 다른 것들보다 특별하게 더 방해되었다.

'그럼 나라도 배울까?'

그런 생각으로 복지관 기타 강좌에 등록했다. 왕년에 기타 좀 쳤던 할아버지들과 나처럼 사놓은 기타가 아까워서 들고 나온 중년 여인들이 뒤섞여 강습 중이다. 생각보다 쉽지 않다. 무엇보다 다리가 안 꼬아져 낑낑거리며 기타를 부여잡고 있는 모습이라 영 폼이 안 난다. 노래를 좀 잘해야 기타 치는 맛도 날 텐데 지금은 내 목소리와 기타 소리가 서로 '삑사리' 경쟁을 하는 수준이다.

그러나 좋은 점도 있다. 무엇보다 좋은 것은 머리가 새하얀 할아버지가 기타를 등에 메고 자전거를 타고 복지관에 오는 일이다. 그 모습을 보는 일이 좋다. 이 할아버지는 의욕이 넘쳐서 질문도 많고 이 사람 저 사람 봐주기 바쁜 강사를 붙들고 있는 시간도 길다. 마지막엔 꼭 도통 실력이 늘지 않는다고 한탄하며 혀를 찬다. 강사가 연습하면 반드시 는다고 걱정하지 말고 열심히 연습하시라고 말하면 고개를 끄덕인다.

"그려, 언젠가는 되겠지."

'언젠가'를 생각한다는 것 자체가 중요한 것이다. 그 '언젠가'가 언제가 될지는 모르는 일이지만 언젠가에 대한 기대가 있는 삶과 없는 삶은 다를 것이다. 중요한 건 믿음이다. 훗날을 믿지 못하면 훗날을 상상할 수도 없다.

내가 이제 막 배우기 시작한 수영은 지금은 수영장 물을 벌컥벌컥 들이켜 수위를 낮추는 지경이지만 나중에는 돌고래처럼 우아하게(우아함까지는 무리일까요?) 물살을 가르리라는 믿음이 있다. 어쨌거나 믿음이 중요하다.

모모가 어릴 때, 대여섯 살쯤인가? 내게 물었다.

"엄마는 커서 뭐 될 거야?"

"엄마는 커서 엄마가 됐잖아."

그렇게 대답하면서 앞이 캄캄했다. 그때는 내게 미래가 없을 것 같았다. 일분일초도 아이와 떨어질 수 없는 삶이 영원히 계속되는 줄 알았다. 어제의 일상과 오늘의 일상이 분 단위까지 똑같아서 요일 구분을 텔레비전 드라마(오늘 〈대장금〉하는 날이니까 월요일이네)로 하는 채로 평생 살 것 같았다.

그러나 영원한 것은 없다. 아이들은 자랐고 나는 내 시간이 생겼다. 개별적인 존재로서 스스로 만들어가야 하는 미래가 생겼다. 이제 와서 나는 또 생각한다. 초등학교 글짓기 시간에 '나의 꿈'이라는 주제를 받았을 때처럼, 고등학생 때 입시를 앞두고 학과를 고민할 때처럼 진지하게 고민한다. 나는 뭐가 될까? 이다음에는 어떻게, 뭘 하며 사는 사람이 될까? 시간이 더 지나면 어떤 변화가 생길까?

나이가 든다 해도 쇠락과 비움만이 있는 것은 아니다. 새롭게 채워지는 내일도 분명 있을 것이다. 내일을 믿으며 오늘을 산다. 연습이란 그런 것이다.

우리 집 말고 내 방

나는 내 방이 있다. 싱글침대가 있고 좌식 책상과 작은 TV가 있다. '내 방'이라는 표현을 하면 "너희 부부 각방 써?"라는 질문이 돌아온다. 모모와 제제가 따로 모모 방, 제제 방을 가지고 있는 건 "너희 아들들 각방 써?"라고 묻지 않으면서 부부는 언제나 세트로 생각한다.

부부의 각방 쓰기가 별거나 이혼의 전조처럼 여겨지던 때도 있었다. 아침 토크쇼에서는 부부 싸움을 하더라도 절대 각방을 쓰면 안 된다는 어르신들의 충고가 하루걸러 한 번씩은 나왔다. 분쟁이 발생했을 때 일차적인 과제는 양자의 분리가 아닌가? 하지만 토크쇼 패널들은 무조건 한 공간에 붙어있으라고 했다. 기왕에 싸운 것 끝장을 보라는 뜻인지, 좁은 곳에서 복작대며 대충 뭉개라는 뜻인지 아무튼 마음에 안 들었다.

사실 '내 방'이라고 말할 수 있는 내 공간을 가지게 된 것은 얼마 되지 않은 일이다. 아이들이 자라고 남편이 지방으로 발령받아 간 이후에나 안방이 내 방이 되었다.

아이들이 어릴 때는 온 식구가 좁은 집에서 마구 뒤엉켜 살았다. 생활이 분리되지 않으니 공간을 분리한다는 것은 의미 없는 일이었다. 집은 좁았고 물건은 많았다. 우린 복도식 아파트에 살았는데 유독 현관이 좁았다. 살다 보면 마당에 두어야 할 것들이 생기기 마련이다. 유모차, 세발자전거, 인라인스케이트, 킥보드, 바퀴 달린 장바구니 같은 것들 말이다. 마당이 없으니 그런 것들이 현관에 쌓여갔다. 이걸 현관이라도 해도 좋을지 의심스러울 정도로 원활한 출입이 불가능했다. 들어오고 나갈 때마다 이삿짐 옮기듯 물건들을 치웠다 쌓았다 해야 하니 외출 한번 하려면 현관문을 나서기도 전에

진이 빠졌다. 두루마리 휴지를 쌓아둘 수 있는 공간, 사고 싶은 책을 맘껏 살 수 있는 책장 공간, 여기가 집이냐 실내놀이터냐 싶게 온 집 안을 꽉 채운 장난감을 정리할 수 있는 공간, 공간이 간절했다.

그즈음 부모님이 시골로 집을 옮겼다. 친정아버지가 퇴직한 후 할머니가 사시던 옛집을 재건축해서 이사한 것이다. 시골집은 마당이 있고 텃밭이 있고 헛간이 있었다. 사람이 들어앉아도 될 만한 커다란 독이 열 몇 개씩 자리 잡은 장독대가 있고 우리 집 건넛방보다 더 넓어 보이는 평상이 있었다. 그러고도 그냥 아무것도 없이 남는 공간, 무언가 아무렇게나 놓아두고 쌓아 둘 공간이 있었다.

공간이 넓으면 사는 일도 느긋해진다. 일거리가 줄어든다. 아이가 무엇을 막 벌여놓고 놀아도 그냥 그 자리에 두고 정리하지 않아도 되니 얼마나 편한지. 흙을 파고 놀던 삽이랑 양동이도 그냥 두고, 물장난하면서 밖으로 마구 튀는 물도 닦지 않고 두고, 귤을 까먹고 껍질은 저기 풀숲으로 휙 던지고, 아이가 이리저리 뛰어다니는 모습을 그냥 보고만 있어도 되니 얼마나 마음이 느긋하고 힘이 덜 들던지. 마당 있는 집에 살고 싶은 마음은 굴뚝같았지만 누워 잘 공간을 가지는 것도 힘든 도시 생활에서 마당은 언감생심이었다.

그러나 그때, 내가 가장 간절했던 건 마당은 아니었다. 나는 내 공간이 필요했다. 내 물건이 내가 둔 자리에 그대로 있는 공간, 레고 조각이 지뢰처럼 묻혀있지 않은 공간, 혼자 있을 수 있는 공간, 제정신을 붙잡을 수 있는 공간. 나는 어딘가에 좀 숨어있고 싶었다.

자랄 때도 나는 그런 공간을 탐했다. 온전히 내 소유인 공간 말이다. 예전에는 자기 방이 있는 아이들이 드물었다. 가난한 집에서는 온 식구가 한방에서 지냈고, 좀 산다 해도 많은 형제자매 속에서 아이들이 각자 방을 가진다는 건 꿈꾸기 어려운 일이었다. 그래도 없으면 없는 대로 어떻게든 해내는 게 아이들이다. 아이들은 뒷산 한적한 바위틈새를 찾고 헛간 구석에 헌 이불이라도 둘러쳐서 자기 공간을 만들었다.

내가 어릴 때 찾은 내 공간은 창턱이었다. 언니와 내가 함께 쓰던 방에는 큰 이중창이 있었다. 안쪽에 나무틀로 된 창문이 있고 50센티미터 정도 폭을 두고 알루미늄 창틀을 가진 바깥 창이 있었다. 이중으로 된 창과 창 사이 창턱에 한 사람은 넉넉히 올라가 앉을 만한 공간이 나왔다. 안쪽 창과 바깥 창을 다 닫으면 아주 아늑했다. 바깥쪽으로 눈을 돌리면 멀리 있는 산과 들판이 시야에 들어왔다. 거기서 어두워질 때까지 책을 읽었다.

대학에 진학하며 서울이란 곳에 오자 공간은 더 각박해졌다. 네 명이 함께 쓰던 좁은 기숙사, 잘 때는 다리를 책상 밑으로 넣어야 하는 하숙집, 방 안에 얼기설기 빨랫줄을 매고 축축한 빨래 밑에 누워 잠들었던 자취방.

결혼해서 아이를 낳자 알량하게나마 가지고 있던 내 공간은 완전히 사라졌다. 화장실까지 애들이 따라왔다. 공간뿐 아니라 생활 전체가 내 것과 네 것이 분리되지 않았다. 남편에게 아이들을 맡기고 쓰레기를 버리러 나왔다가 해지는 놀이터에서 멍하니 한 시간이나 앉아 있던 적도 있다. 조용하고 아무도 없는 곳이 눈물 나게 그리웠다.

그러나 세월은 흐른다. 아이들은 자란다.

초등학교 고학년쯤 되자 모모와 제제는 자기 방문에 도깨 빈지 괴물인지 모를 그림을 그리고 '결계'라고 써 붙였다. 더 자라서 사춘기가 되자 방문을 잠갔다. 또 더 자라자 청소하러 드나드는 것도 마땅찮아 하기에 나는 애들 방 청소에도 손을 뗐다.

그래서 나는 자연스럽게 애들이 잘 드나들지 않는 내 방을 가지게 되었다. 내 방은 수많은 쿠션 사이에 읽다 만 책들이 쑤셔 박혀있는 형국으로 어지럽다. 예쁘고 아늑한 방하고는 거리가 멀다. 하지만 내 행태와 습성에 맞추어 물건들이 놓여 있어(침대에 누운 채 손만 뻗으면 닿을 만한 곳에 모든 물건이 놓여 있다) 내가 쓰기에는 최적화된 공간이다.

'내 것'은 참 중요하다. 대상이 중요하다기보다는 그 개념 이 중요하다. '사적으로' '소유'한다는 것은 개별성을 나타내 는 한 징표가 된다. 사람은 태어나서 처음에 자기 주먹을 들 여다보고 발가락을 빨아먹으며 내 몸의 감각, 내 몸의 소유를 확인하며 '나'라는 개념이 생긴다. 자라며 자기 옷과 신발, 장 난감에 대한 소유권을 확인하고 주장하면서 개별적인 존재

로서 나를 자각하게 된다. 물건에 대한 소유욕은 점차 시간과 공간에 대한 소유욕으로 확대된다. 나만 쓰는 내 칫솔을 가지고 있는 것과 마찬가지로 나만 쓰는 내 시간과 공간이 있어야 한다. 온전히 내 의지대로 쓰는 시간이 부족할수록, 오롯이 혼자 있을 수 있는 공간이 없을수록 물건을 소유하려는 욕망이 강해진다는 게 내 생각이다. 인간은 모두 개별자이므로 어떻게든 그 개별성을 확인하려 하기 때문이다.

내 방이 생긴 지금, 나는 어쩌면 일생에서 가장 자유로운 시기를 맞은 것은 아닌가 생각한다. 보호와 통제 아래 있었던 어린 시절을 지나 성인이 되니 각종 책임과 의무가 기다리고 있어 자유는 오히려 더 묶였다. 결혼하고 아이를 낳아 기르면서 나 자신으로 살지 못하는 세월이 길었다. 이제껏 나는 엄마와 아내라는 역할로 존재했지만, 그 역할이 할 일은 점점 줄어들고 있다. 어쩌면 지금이, 나라는 사람의 개별성이 가장 확대되는 시기일 것이다.

나는 더 이상 집의 안주인이 아니고 그런 건 이제 하고 싶지 않다. 집은 우리 가족의 공동 공간이고, 방은 각자 독립적이고 개별적인 성원으로서의 자기 공간이다(그러니까 우리 집은 요샛말로 하면 셰어 하우스다. 그러니 함께 쓰는 공간인 거실과 부엌을 청소할 책임은 당연히 함께 져야 한다. 이런 내 말을 우리 하우스 입주민들이 잘 못 알아듣는 것이 문제라면 문제다).

내 이후의 삶, 노년기의 삶이 어떤 모습일지 지금 다 예상할 수는 없다. 하지만 나는 겨우 생긴 내 방이 없어지지 않도록 애쓸 것이다. 내 방에서 나의 시간을 즐길 수 있도록 재미있고 생산적인 일을 만들 것이다. 도움 없이 내 힘으로 생활할 수 있도록 지금부터 몸을 돌볼 것이다. 식구들과는 적당히 무관심하며 적당히 우호적인 관계를 유지할 것이다. 혼자 지낼 수 있는 내 방을 끝까지 갖겠다. 그리고 그 방에서 기꺼이 외로워하겠다.

그러잖아도 이미 운동하고 있어

학교 다닐 때 체력장 5등급이었다. 5등급이 꼴찌 등급이다. 내가 학교 다닐 때는 모든 학생이 상급 학교 진학할 때 체력장 점수가 필요했다. 1, 2점으로 당락이 좌우되는 판이니, 체력장은 만점을 받는 것을 다들 당연히 생각했다.

그러나 나는 기록적으로 운동을 못하고 체육 시간을 제일 싫어하는(중고등학교 체육 선생 별명이 미친개였던 것도 내가 체육을 싫어하는 데 한몫했을 것이다) 아이였다. 체력장에서 100미터 달리기는 23초, 매달리기 0초, 윗몸 일으키기도 0개였다. 던지기, 멀리뛰기 이런 기록은 기억도 안 난다. 800미터를 뛰어야 하는 오래달리기는 완주를 못 했다. 매번 중간에 쓰러졌다. 옆구리가 찢어질 듯 아프고 다리가 풀리고 눈앞이 노래졌다. 체력장 시험 당일에는 친구들이 양쪽에서 팔짱을 끼고 같이 뛰어주었다. 그런 걸 봐주었다니 시험 자체는 꽤 느슨했던 모양이다.

나는 약했고 자주 아팠다(지금 우리 식구들은 아무도 믿지 않는다. 나를 무쇠 팔, 무쇠 다리, 로켓 주먹이라고 생각한다). 초등학교 때는 소풍이나 운동회를 제대로 해 본 기억이 없다. 초등학교 1학년 소풍 날, 반에서 제일 작았던 나를 담임 선생님이 업고 산에 오른 기억이 난다. 2학년 때는 산을 오르다 중간에 포기하고 혼자서 집에 돌아왔다. 그런 일이 있고 나서는 소풍 날은 으레 결석했다. 운동회 때도 학부모를 위해 마련된 차일 밑에 앉아서 계주하는 아이들을 응원했다. 꼭두각시 춤이나 차전놀이 같은 매스 게임에는 당연히 빠졌다.

'몸이 약하고 운동 못하는 아이'라는 게 내 정체성의 일부였다. 당연히 강한 몸을 가진 사람에 대한 선망이 있었다. 〈터

미네이터〉의 사라 코너 같은 여자 말이다. 그 여자가 엄청나게 큰 트럭을 운전하고 총기를 손질하고 엉망인 모습으로 땅바닥을 구를 때 드러나는 어깨의 삼각근, 그 삼각근에 완전히 빠졌다. '와, 저 여자 어깨 좀 봐…' 그 근육을 삼각근이라고 부른다는 것도 모르면서 부러워했다.

결혼하고 아이를 둘 낳는 동안 몸이 불었다. 아이 키우기가 엄청 힘들고 피곤한데도 체중은 늘고 체력은 떨어졌다. 우울증이 왔다. 사회에서 격리된 것 같은 소외감, 잘나가는 미혼 친구들에 대한 선망과 질투, 두 아이 뒤치다꺼리에 지칠 대로 지친 몸. 인생이 끝난 것 같았다. 늙어 죽을 때까지 이렇게 살 것 같았다. 한 아이는 업고 한 아이는 유모차에 태운 채 거리를 걷다 유리창에 비친 내 모습을 보고 울었다. 저녁마다 노을 지는 베란다에 앉아 또 울었다.

병원에 가서 우울증약을 처방받고 상담 치료도 받으러 다녔다. 이 약 저 약 바꾸어 먹어봤지만 별 소용이 없는 듯했다. 상담은 물론 유용한 면이 있었지만, 시간당 비용 때문에 우울증이 도질 것 같았다. 한 시간 동안 혼자 떠들다 울다 몇만 원을 내려니 짜증이 났다. 그래도 반 년 이상 다녔다. 상담사가 나에게 '공격적이고 공감 능력이 떨어진다'고 했던 게 기억난다(그런데 상담사가 그렇게 상처 주는 말을 해도 되는 건가). 의사는 내게 당장 운동을 시작하라고 했다.

"제가 제일 싫어하는 게 운동인데요?"

좋든 싫든 간에 무조건 운동은 하라고 했다. 약 먹고 비싼 돈 내고 상담받는 것보다 한 시간 운동하는 것이 훨씬 큰 효과를 낸다고 했다. 비용 대비 효과 면에서 돈이 상대적으로 덜 들어간다고 하니 나로서는 선택의 여지가 없었다.

첫애는 어린이집에 갈 나이가 되었지만 둘째는 막 두 돌이 지날 즈음인가, 채 기저귀도 떼지 못한 때였다. 그래도 눈물을 머금고 아이들을 어린이집에 맡겼다. 그리고 집 앞 스포츠센터에 등록했다. 그게 내 운동 역사의 시작이다.

그 이후로 지금까지, 특별한 일이 없는 한 평일에는 매일 운동하러 간다. 주말에도 되도록 걷는 일을 만든다. 그동안

네 군데 스포츠센터를 옮겨 다녔고 웨이트 트레이닝과 더불어 태보, 필라테스, 스피닝, 스텝 박스 등등(시도했지만 끝내 포기한 것도 많다. 에어로빅은 도저히 따라 할 수가 없었고 실내암벽 등반도 몇 번 만에 포기했다)을 했다. 지금은 수영을 배운다.

운동하면서 튼튼해졌다. 환절기면 늘 감기를 달고 살았는데 감기 걸리는 일이 줄었다. 여섯 병 묶음 생수는 우습게 들고 다닐 정도로 힘도 세졌다. 승모근, 삼각근이 생기자 남편이 나를 '형님'이라고 불렀다. 우울증은 나았나? 어쨌든 베란다에 주저앉아 눈물짓는 일은 없다(혹시 궁금할까 봐 말하는데 체중은 안 줄었다. 운동하면 식욕도 좋아진다). 운동은 생활의 일부가 되었다. 운동하고 나면 상쾌하다. 기분이 좋지 않거나 두통이 있어도 운동하고 흠뻑 땀 흘리고 나면 컨디션이 회복된다. 다른 바쁜 일 때문에 며칠 운동을 빠지면 어쩐지 몸이 찌뿌듯하고 개운하지가 않다.

그러나 처음부터 운동이 재미있고 적성에 맞았던 것은 아니다. 나는 소가 코뚜레에 꿰어 끌려가듯이 정말 내키지 않은 발걸음을 억지로 옮겨서 운동하러 갔다.

'오늘은 비가 오니 가지 말까?'

'몸이 안 좋은 것 같으니 가지 말까?'

'속상한 일이 있으니까 동네 친구들과 커피나 마실까?'

초반 1, 2년 정도를 그렇게 다닌 것 같다. 운동에 재미를 느끼는 것은 오래 걸리는 일이다. 그래도 꾸역꾸역 다녔다.

가기 싫은 발걸음을 어떻게든 스포츠센터까지 옮기게 만든 에너지가 뭐였을까? 엄마와 떨어지기 싫어하는 두 돌 된 애를 어린이집에 맡겼다는 사실 때문이었던 것 같다. 운동한다고 애를 맡겼으니 그 시간에 꼭 운동해야 한다는 내면의 압박이 있었다. '엄마가 얼른 몸도 마음도 튼튼해질게. 그래서 더 많이 놀아줄게' 하는 마음이 있었다. 정신과 약과 비싼 상담 치료 대신 선택한 것이기 때문에 포기할 수도 없었다.

그러니 뭐든 초반에는 조금쯤 강제도 필요하다는 생각이 든다. 하고 싶은 마음에만 의지하면 되는 일이 없다. 하고 싶다가도 금세 하기 싫어지고 힘들면 꾀가 난다. 하고 싶은 일이라고 해서 안 힘든 것은 아니기 때문이다.

TV에 보디빌딩 대회를 준비하는 어떤 여자가 나왔다. 운동하는 모습을 카메라가 찍고 있는데 엄청난 무게로 숄더 프레스를 하던 여자가 바벨을 든 채로 눈물을 뚝뚝 흘리는 것이다. VJ가 이유를 물으니 진짜 너무 무겁다고 했다. '눈물 날만큼 무거운 걸 왜 들고 있어? 그렇게 힘들면 그만두지'라고 생각했다. 그러나 조금 뒤 화면에서 여자는 대회 우승을 하고 커다란 트로피를 들고 함박웃음을 지으며 말했다. "운동은 내 인생이고 나는 정말 운동을 사랑한다"고.

좋아해도 힘들 수 있다. 힘들고 눈물 날 때도 있다. 그래도 좋으니까 하는 것이다. 또는 좋아질 때까지 하거나.

운동이 중요하다고, 운동해야 한다고, 성인병에 걸리지 않으려면, 우울증을 치료하려면, 치매를 예방하려면 운동을 해야 한다고 수많은 사람이 말한다. TV 정보 프로그램, 신문 기사, 건강검진에서 만난 의사들… 언제나 결론은 운동이다. 그러니 듣는 사람은 마음이 무거워진다. 해야 할 일을 하지 않고 있으니 당연하다. 시험 전 날, 공부 안 하고 늘어져 있으면 쉬면서도 찜찜하고 짜증 나는 것과 마찬가지다.

운동하면 그 찜찜함을 벗어버릴 수 있다. 어디에는 어떤 운동이 좋다는 정보에도 더 관심을 두게 된다. 괜스레 못 들은 척 채널을 돌려버리지 않아도 된다. 누가 운동의 중요성을 역설할 때마다 아주 마음이 가볍고 흡족하다.

'운동하라고? 아, 그러잖아도 이미 하고 있어.'

운동은 그렇게 정신건강에 좋다.

곰국이 무서워질 땐 '달 목욕'을

중장년 사이에 도는 농담이 있다.

여자가 나이 들면 필요한 것 다섯 가지는?

— 친구, 딸, 건강, 돈, 찜질방

남자가 나이 들면 필요한 것 다섯 가지는?

— 부인, 아내, 집사람, 와이프, 애들 엄마

처음에 들었을 때 엄청 웃었다.

꼭 필요한 것이라고 하니 내가 가진 것과 못 가진 것도 따져보았다. 일단 딸이 없고 앞으로 생길 가망도 없다. 돈도 없는데 역시 앞으로 생길 가망도 없다. 건강은 있다고 생각하지만 위태위태하니 계속 있으리라는 보장은 없다.

남은 것은 찜질방과 친구다. 이 중에 묘한 것이 찜질방이다. 찜질방이 들어간 이유는 뭘까? 아니, 이 다섯 가지를 관통하는 어떤 맥락이 있지 않을까?

한때 찜질방이 크게 유행하면서 대형화, 고급화된 적이 있다. 남녀노소 할 것 없이 양 머리 모양으로 만든 수건을 쓰고 소금 방, 산소 방, 크리스털 방에 드나들었다. 몸 좀 지지려고 누워있으면 웬 꼬맹이가 물을 벌컥 열고 들어와서 "으악! 뜨거워!" 소리치고 뛰어나가고 그러고 나면 또 다른 꼬맹이가 경쟁심을 가지고 들어왔다가 다시 부산을 떨며 뛰쳐나갔다. 이제 유행이 좀 사그라진 듯도 하지만 중년 여성의 찜질방 사랑은 계속된다. 찜질방을 제일 사랑하는 사람들은 '달 목욕'을 하는 여자들이다.

남편에게 "달 목욕이라고 알아?" 했더니 "달빛 받으면서 하는 목욕이야?" 했다.

달빛 아래 개울에서 하는 목욕도 멋지겠지. 그러나 여기서 말하는 달은 '한 달, 두 달' 하는 그 달이다. 그렇게 말했더니 "그럼 한 달에 한 번 목욕한다고?" 했다.

당연히 그것도 아니다. 목욕탕에 갈 때 횟수가 아니라 한 달 단위 기간으로 끊어서 돈을 내고 이용하는 것을 달 목욕이라고 한다. 달 목욕 가격은 동네마다 다르겠지만 보통 십만 원 선이다. 목욕탕 한 번 가는데 육천 원이니 한 달 내내 거르지 않고 다닌다고 하면 엄청 할인되는 것이고, 평일에만 간다고 해도 매일 간다면 이득이다. 목욕탕 이용 티켓을 한꺼번에 열 장, 스무 장 할인된 가격으로 사기도 한다. 어쨌든 달 목욕을 끊는다는 것은 거의 매일 일상적으로 목욕탕과 찜질방을 이용한다는 뜻이다. 달 목욕 다니는 것은 스포츠센터에 다니는 것과 비슷하다. 청결이 아니라 건강을 위해서 가는 것이다.

한때 반신욕이 다이어트와 성인병 예방에 특효라고 소문난 적이 있었다. 의학적인 근거에 대해서는 잘 모르겠지만 어쨌든 반신욕으로 체중을 줄이고 몸도 좋아진 자체 임상 실험

자들이 주변에는 얼마든지 있다. 그 사람들이 전도하듯 주변 사람들을 달 목욕의 세계로 이끌었다.

목욕탕에 가면 옷장 위에 색색의 목욕 바구니들이 나란히 놓인 것을 볼 수 있다. 그것이 바로 달 목욕 이용자들의 개인 물품이다. 바구니를 살펴보면 샴푸, 린스, 바디 워시 등 흔히 들고 다니는 것뿐 아니라 각질 제거를 위한 풋 파일과 얼굴 세안용 솔, 바디 스크럽 용품들이 있다. 흑설탕과 쌀겨 등을 이용해 나만의 비법으로 만든 핸드메이드 제품들도 있다. 그리고 이건 확실히 달 목욕 이용자 것이구나 싶은, 달 목욕의 상징과도 같은 물건이 바로 사우나 방석이다. 사우나에서 깔고 앉는 1인용 방석으로, 당연히 방수고 4단으로 접을 수 있게 되어 있고 보라색과 연두색이 주류를 이루고 있다. 뜨겁고 딱딱한 사우나 바닥에 벗은 엉덩이로 오래 앉아있으려면 방석이 필수다.

달 목욕 이용자들은 남녀가 함께 이용하는 커다란 찜질방보다는 온탕 바로 옆 옷을 홀랑 벗고 들어가는 작은 열기 욕실을 즐긴다. 일단 샤워를 하고 머리에 젖은 수건을 감고 목욕탕에서 파는 1리터짜리 커다란 냉커피와 사우나 방석을 들고 열기 욕실로 들어간다. 뜨거운 열기와 습기 속에서 굳었던 몸이 나른해지며 뻣뻣하고 시큰하던 뼈마디가 부드러워지는 것을 느낀다. 어깨, 허리를 비롯해 삭신이 쑤시던 것도 좀 잦아드는 느낌이 든다.

찜질방에 방석 깔고 앉아 여자들은 '대화'를 한다. 달 목욕하는 사람들은 거의 매일 얼굴을 보는 사이니 당연히 친하다. 친한 사람들이 함께 달 목욕을 다니기도 하지만 목욕탕에서 매일 얼굴 보면서 친해지기도 한다. 또는 만나는 순간부터이미 홀딱 벗은 채였기 때문인지 처음 만난 사람에게 엄청나게 사적인 이야기를 털어놓기도 한다. 낯선 사람의 시누이 남편이 바람난 이야기가 디테일하고도 스펙터클하게 펼쳐진다. 동네 사람들의 비밀이 낱낱이 까발려지기도 하고, 정치와 종교 영역의 근거는 박약하지만, 충격적인 이야기들이 오간다. 찜질방의 대화는 택시 안에서의 대화와 비슷하게 편견 가득하고 출처가 불분명한 가짜뉴스들이 많은데 그래서 더 자극적이고 재미있다. 아무튼 중요한 것은 찜질방에서 여자들은 '이야기'를 한다는 것이다. 달 목욕하는 여자들, 찜질방에 다니는 여자들은 그 안에서 대화를 나누고 관계를 맺는다.

찜질방의 핵심은 바로 이 '관계 맺기'다. 친해지기, 기대기, 마음과 시간을 함께 나누기. 그곳에 이야기 나눌 친구가 없다면 찜질방이 여자에게 꼭 필요한 다섯 가지에는 들어가지 못했을 것이다.

필요한 다섯 가지. 친구, 딸, 건강, 돈, 찜질방을 관통하는 것이 바로 '관계'라고 나는 생각한다. 나이 든 여자에게 필요한 것이 '자식'이 아니라 콕 집어 '딸'인 이유도 대화와 관계의 차원이다. 물론 집집마다 딸, 아들 캐릭터가 다르고 관계의 친밀도도 다르겠지만 어쨌든 엄마랑 같이 쇼핑하고 엄마랑 여행 가고 엄마랑 맛집에서 데이트하는 이미지는 딸이 가지고 있다. 돈과 건강도 튼튼하고 원만한 관계 맺기에 필수다.

주변 사람들과 우호적인 관계를 맺고 소통하는 것은 인생의 어떤 시기를 막론하고 중요한 일이다. 그리고 나이가 들수록 그 중요성은 더 커진다.

인생을 통틀어 가장 강력하게 묶인 관계는 바로 가족이다. 그런데 인생 후기로 접어들수록 이 관계의 끈은 점차 느슨해진다. 느슨해지는 것이 순리고 느슨해지는 끈을 억지로 붙잡고 있으면 오히려 문제가 생긴다. 아이들이 장성하여 따로 자신의 가족을 꾸리거나 독립하는 경우에는 말할 것도 없고 아이들이 사춘기에만 접어들어도 가족의 결속력이 예전 같지 않다. 이전에는 함께 플레이하는 한 팀이었지만, 이제는 각자 자신만의 경기를 치르는 개인 플레이어가 되었다. 같은 운동장을 쓰기는 해도 누구는 농구 슛 연습을 하고, 누구는 줄넘기하고, 누구는 앉아서 쉬는 식이다. 앉아서 쉬고 있는데 공이 날아오면 흘겨보는 일도 있고 또 줄넘기하는 녀석에게 잘 좀 해보라고 잔소리도 하지만 어쨌든 같이 축구를 하는 것은 아니다.

그러니 나이 들수록 가족처럼 단단하지는 않더라도 또 다른 새로운 관계 맺음이 필요하다. 또 절실하기도 하다. 어쨌든 사람은 관계 속에서 살아가고 성장하기 때문이다. 그래서 평소에 틈틈이 관계를 기름칠하고 손보고 잘 돌보며 살아야 한다. 우호적 관계 맺기야말로 후기 인생을 지탱해주는 버팀목이 되는 것이다.

나이 들어서 관계의 알파와 오메가를 오로지 '아내(부인, 집사람, 와이프, 애들 엄마)'에게서 찾고 의지한다면 가련한 신세가 된다. 아내가 곰국만 끓여도 날 두고 어딜 가려나 불안에 떤다는 남자들에게 달 목욕을 권한다.

꼭지는 다 같은 꼭지

친구들과 필리핀에 놀러 가서 난생처음 스노클링을 했다. 스노클 장비를 착용하고 구명조끼를 입었음에도 불구하고 바다에 몸을 담그자마자 사람 살려 상황이 연출됐다. 발이 바닥에 닿지 않는다는 것 자체가 공황을 불러왔기 때문이다. 어찌어찌 현지 가이드의 도움(내 구명조끼 목 부분을 멱살 잡듯 움켜쥐고 이리저리 끌고 다녔다)으로 스노클링을 하긴 했지만, 물속에 있는 내내 가슴이 조여 왔다.

'와, 예쁘다!'

'으앙, 무서워!'

'우와 멋지다!'

'흑흑. 그냥 나가면 안 될까?'

이런 마음이 번갈아들었다. 어린애들이 아무 장비도 없이 배에서 바다로 풍덩 뛰어드는 모습을 보며 정말 부러웠다.

그래서 결심했다. 수영을 배울 테다! 그래서 더 신나게 놀 테다! 노는 것은 시간과 돈과 노력이 들어가는 일이다. 뭐든 배우고 뭐든 알아야 더 재미있게 놀 수 있다.

돌아와서 바로 수영 강습을 받기 시작했다. 쉽지 않다. 어릴 때 물에 빠졌던 경험도 없는데 물이 무섭다. 수영을 배울 때 제일 중요한 건 믿음이다. 동네 풀장에 빠져 죽는 일은 없다는 믿음.

"괜찮아, 안 죽어. 사람들이 이렇게 많은데."

나는 풀장 안에 들어갈 때마다 속으로 그렇게 중얼거리며 자신을 안심시킨다.

수영을 시작하면서 생각지 못한 고민이 생겼다. 인식의 대전환? 선을 넘는 것? 아무튼 어떤 갈등 상황에 직면했다.

문제는 꼭지다. 그렇다. 젖꼭지. 유두. 영어로 니플. 수영복은 맨몸에 입는 것이 당연하다. 예전에 나는 수영복을 입으면서 꼭지가 튀어나오는 걸 걱정해본 적이 없다. 내가 가진 수영복, 바닷가나 워터파크에서 입었던 수영복은 비키니 위에 랩스커트와 민소매 블라우스를 덧입게 되어 있는 것이다. 이른바 포피스 수영복인데, 나는 그 위에 또 긴 팔 래시가드를 덧입거나 얇은 카디건을 걸치거나 했다. 물속에 있으면서도 워낙 겹겹이 입고 있었던 터라 꼭지가 비치는지 튀어나와 보이는지 전혀 신경 쓰지 않았다. 물에서 논다고 해도 그냥 둥둥 떠 있는 정도였기 때문에 겹겹이 입은 수영복이 불편하다는 생각은 없었다.

그런데 실내 풀장에서 수영을 배울 때는 다르다. 강습용 수영복은 선수들처럼 몸에 밀착되는 원피스형이다. 입고 벗기도 힘들다. 쫀쫀하고 조그만 옷 안에 울룩불룩 뭉실뭉실한 몸을 집어넣는 것 자체가 고역이다. 수영복 안에 달린 캡은 입는 동안 고리에 연결된 줄이 꼬이고 돌돌 말린다. 수영복 입다가 이 고리 캡에 발가락이 걸려서 샤워실 타일 바닥에 넘어질 뻔한 적도 있다. 고리 캡 달린 원피스형 수영복을 입어본 여자들은 무슨 말인지 알 것이다.

물속에서도 이 캡이 말썽이다. 수영은 팔 동작이 중요하다. 강사는 수업 내내 팔을 쫙 뻗어서 힘있게 물을 잡아끌라고 강조한다. 물속에서 팔과 어깨를 돌리고 또 돌리는 것이다. 그러다 보니 캡도 움직인다. 고리에서 캡이 빠지기도 한다. 수영하는 중간에 이런 일이 생기면 난감하다. 완전 짜증 난다.

다른 사람들을 보니 수영복에서 고리 캡을 빼버리고 실리콘 브라를 착용하고 있었다. 실리콘으로 만든 둥그스름한 캡을 가슴 위에 붙이고 그 위에 수영복을 입는 것이다. 실리콘이 밀착력이 있다고는 하지만 그래도 캡이 어딘가에 고정된 것이 아니니 중간에 떨어지기도 한다. 열심히 수영하다 보니 실리콘 캡이 배까지 내려와 있더라는 이야기, 수영복 가슴 위로 캡이 스멀스멀 기어 올라왔더라는 이야기들이 흔하다.

그놈의 캡. 왜 캡을 해야 할까? 봉긋한 가슴을 위해서는 절대 아니다. 몸에 밀착되는 수영복을 입으면 가슴보다는 배가 봉긋해지는 마당에 가슴 크기 좀 키운다고 해서 육감적인 몸매가 될 리도 없는 것이다. 캡은 꼭지 때문에 한다. 비치거나 튀어나와 보일까 봐. 이 캡도 저 캡도 성에 안 차면 니플 밴드라는 조그만 밴드를 붙이기도 하는데 그것 역시 물속에서 떨어질 수도 있다는 단점이 있다. 남녀노소가 섞여 수영하는데 누군가의 니플 밴드가 물에 둥둥 떠다니는 광경은 참으로 민망스럽다고 하지 않을 수 없을 것이다. 그렇다면 꼭지는 비치거나 튀어나와 보이면 절대 안 되는 것일까? 그것은 존재를 노출할 수 없는 것일까? 몸에 분명 붙어있는 건데도 없는 척을 해야 하는 걸까?

스무 명 정원인 초급반에는 남자 수강생이 대여섯쯤 된다. 그들 모두 작은 팬티 수영복을 입고 있다. 수영 선생님도 초미니 삼각이다. 위에는 아무것도 입지 않았다. 그들의 꼭지는 당연하다는 듯 거기 있다. 비치고 튀어나오고 말 것도 없다. 그냥 환하게 빛을 보고 있다. 그런데 왜 여자들은 천으로 한

겹 가리고도 어슴푸레하게 흔적이라도 보일까 봐 전전긍긍하는 걸까? 요새는 남자들도 흰색 티셔츠를 입을 때나 맨몸에 와이셔츠만 입을 때 니플 밴드를 하기도 한다. 그러나 수영장에서는 당연하다는 듯 꼭지를 드러낸다.

남자는 왜? 여자는 왜? 이렇게 물어봐야 아무 해답도 들을 수 없다. 그건 법도 아니고 규범도 아니고 면면히 이어져 내려온 전통도 아니고(혹시 법인가? 수영장에서 여자가 남자들처럼 삼각팬티 수영복만 입고 수영하면 잡아가나?) 그냥 심리적인 불편함이다. 아무 논리적 근거는 없이 '원래'라든가 '그냥'이라는 말로 뭉개는 오래된 익숙함.

나는 중학교에 입학했을 때부터 브래지어를 하기 시작했다. 발육이 더뎌서 중1 때 내 가슴은 그냥 어린이의 가슴으로 완전 밋밋했는데도 타의에 의해 브래지어를 했다. '가정' 선생님이 수업 시간마다 아이들의 브래지어 착용 여부를 검사한 것이다. 등을 손바닥으로 쓱 쓸어보고 아무것도 걸리는 게 없으면 찰싹 등을 때렸다. 지금부터 브래지어를 해야 가슴이 예뻐진다고 했다.

지금 생각하면 실소가 터져 나온다. 어떤 사람의 몸의 일부가 예뻐지고 말고를 학교 선생님이 나서서 관리해야 할 필요가 있었을까? 그때 학생들 사이에는 앞머리를 살짝 구부리는 핀 컬 파마가 유행했는데 이 핀 컬 파마는 단속 대상이 되었다. 파마뿐 아니라 눈썹 모양을 깔끔하게 다듬기만 해도 교무실로 끌려가 야단을 맞았다. 예뻐지려고 했다는 이유로 혼났다. '공부나 하지 쓸데없는 데 신경 쓴다'는 게 혼나는 이유였다. 아니, 눈썹은 예뻐지면 안 되는데 가슴은 예뻐져야 한다니? 가슴 모양 잡는다고 브래지어를 하는 게 오히려 더 쓸데없는 데 신경 쓰는 일 아니었을까?

성인이 됐을 때는 형상기억합금으로 만들었다는 와이어가 부착된 브래지어를 낮이나 밤이나 했다. 집에 가면 풀어놓거나 밤에는 풀고 잔다는 친구들도 있었지만 나는 그냥 24시간 하고 있었다. 이걸 왜 해야 하는지 의문은 가져본 적 없고 그냥 팬티와 마찬가지로 속옷이라고만 생각했다. 그러나 사실 브래지어는 퍽 신경 쓰이는 속옷이다. 여름에는 브래지어 어깨끈이 옷 밖으로 보일까 봐 신경 쓰였고 그래서 투명비닐로

된 끈으로 교체하곤 했다. 아예 어깨끈이 없는 셸 브라를 해본 적도 있는데 외출 중에 브래지어가 흘러내려 허리께서 빙빙 돌아가는 사태를 겪고 나서는 다시 시도하지 않았다.

브래지어에 관심을 가지고 이것저것 바꾸는 시도를 했던 건 임신 출산 과정을 겪으면서다. 몸이 변했고 일반 브래지어는 너무나 갑갑하고 불편했다. 임부용 브래지어, 수유용 브래지어가 따로 있었다. 풀 컵으로 가슴을 다 감싸고 어깨끈이 넓어서 어깨를 파고드는 느낌이 없고 무엇보다 와이어가 없고 가슴 밑을 옥죄지 않아 편안한 브래지어. 이런 브래지어를 경험하고 나니 다시는 이전의 그 금속이 들어간 브래지어를 할 수가 없었다. 그래서 편한 브래지어를 찾아 헤맸다. 지금이야 와이어 없는 브라렛이 대세지만 10년 전만 해도 그런 속옷은 찾기 어려웠다.

나는 점점 뭔가 없는 것을 고른다. 와이어가 없는 것, 피본이 없는 것, 훅이 없는 것을 찾아 입다가 이젠 브래지어는 안 하고 내장 캡이 있는 슬리브리스만 입는다. 이것도 처음엔 가슴 아래를 받치는 밴드가 있는 걸 입었지만, 그것마저 불편해서 밴드 없는 걸 샀다. 이러다 어느 날, 마침내 아무것도 입지 않는 날이 오게 될까?

지금 '노브라', '탈브라' 선언이 터져 나오고 그것이 어떤 의제가 되었다는 것에 나는 환호하고 박수친다. 노브라는 음란한가? 남자의 상체는 야하지 않지만, 여자의 벗은 상체는 포르노인가? 그에 대한 의견이 어떻든 간에 나는 그것이 이야깃거리가 되었다는 자체가 변화고 발전이라고 생각한다.

분명히 말하면 나는 노브라 찬성이다. 그리고 누가 그걸 찬성하고 말고 할 일이 아니라고 생각한다. 누군가 긴 머리 대신 단발머리를 한다고 해서 그걸 찬성하고 말고 할 일이 아닌 것과 마찬가지다.

그런데 다른 한편으로는 사회생활에 매너라는 게 있다고도 생각한다. 머리를 박박 깎든 말든 겉옷 위에 속옷을 입든 말든 물론 자기 선택이다. 하지만 차림새라는 것은 일종의 표현이다. 차림새로 자기를 드러내고 상대에게 어떤 메시지를 주는 것이다. 차림새로 말을 하는 것이나 마찬가지다. 내 입으로 내가 말하는 것이니까 어떤 말을 해도 내 마음이라고 주장할 수는 없다. 말이라는 건 듣는 사람이 있기 때문이다. 듣는 사람에게 불쾌함과 모욕감을 준다면 그런 말은 해서는 안 될 것이다. 우리에겐 '말이면 다 말인 줄 아냐?'라는 아주 적절한 표현이 있다. 뚫린 입이라고 아무 말이나 해서는 안 되는 것이다.

상갓집에 검은색 옷을 차려입고 가는 것은 예를 표하기 위해서다. 소개팅 자리에 후줄근한 추리닝에 슬리퍼를 신고 나가면 상대는 당연히 무시당했다고 느낀다. 옷차림만으로 어떤 제안을 거절할 수 있고 반대로 어떤 제안을 할 수도 있다. 드러내는 내가 있고 그걸 보는 상대방이 있기 때문에 차림새는 상호 커뮤니케이션의 일종이다. 내 몸에 뭘 걸칠지 안 걸칠지는 내 마음이긴 한데 그게 언제 어디서나 내 맘일 수는 없다는 것이 내 생각이다.

그래서 다시 원점으로 돌아왔다. 말을 할 때는 듣는 사람도 생각해야 하는 것처럼 옷을 입을 때는 보는 사람도 생각해야 한다. 그렇다면 나는 수영복 안에 캡을 해야 하나? 나는 내 꼭지의 존재를 드러내도 되나? 존재가 드러난다면 보는 사람들은 상당히 불편할까? 이건 매너의 문제인가? 이 사이에 고춧가루 낀 채 웃고 말하는 것이 매너가 아닌 것과 비슷한가? 그럼 남자 이 사이에 낀 고춧가루는 괜찮고 여자의 고춧가루만 문제 삼는 것은 정당한가?

무엇보다 더 문제인 것은 내가 나를 모르겠다는 것이다. '내 몸은 내 맘이지!'라고 주장하지만 사실 무엇이 내 마음인지를 모르겠다. 나는 편한 것이 좋고 남들에게 가슴이 예쁘게 보이는 것에는 관심이 없다. 그렇지만 몇십 년 동안 존재를 감춰왔던 내 꼭지가 드러나는 것은 꺼려진다. 부끄럽고 민망하다. 그것에 민망함을 느끼는 것 자체가 억압이며 사회적 시선 안에 자신을 가두는 것이라고 해도 어찌 됐든 내 느낌이 그렇다.

나는 갈등하다가 수영복을 들고 10년 이상 다닌 동네 스포츠센터에 갔다. 거기서 친한 사람들에게 의견을 물었다. 캡 없이 수영복을 입고 어떠냐고 물었다.

"어때? 표시 많이 나?"

잘 모르겠다는 사람도 있고 "어우 야, 안 되겠다"라고 하는 사람도 있다. 수영하는 사람들이 모여 있는 온라인 카페에도 들어가 보았다. 과연 수영복 캡에 대한 설왕설래들이 있었다. 한번 빼고 수영해보면 다시는 캡 따위는 못 한다는 의견이 있고 그래도 배영을 배울 때는 민망해서 눈 둘 곳이 없더라는 의견이 있다. 물 밖에서 거울로 볼 때는 표시 안 나는 것 같아도 수온 낮은 물속에 들어가면 꼭지가 발딱 성을 내니 안심할 게 아니라는 이야기도 있다. 대부분 명확한 태도를 가지고 있지는 않았다. 그러나 어쨌든 수영 카페에서도 꼭지가 설왕설래의 주제가 되어 있다.

좀 지나면 '예전에는 왜 그런 걸 가지고 이러쿵저러쿵했지?'라고 말하는 세상이 올지도 모른다. 여자의 맨발, 맨다리를 민망하게 생각해서 치마를 입을 때는 반드시 스타킹을 신었던 시대도 분명 있었으니 말이다. 젖꼭지 따위 옷 위로 표시 좀 난다고 그걸 가지고 뭐를 붙이느니 마느니 했다는 것에 코웃음 치게 될지도 모른다.

그런 시대가 오면 나도 얼른 그 시대에 편승해서 불편한 캡 따위 던져버리게 되겠지. 시대를 하루라도 앞당기도록 내가 먼저 캡을 빼버리면 어떨까? 그건 혁신을 위한 용기 있는 행동일까, 아니면 주책바가지 아줌마의 매너 없는 행동일까?

요즘 나는 수영장에 가면 누구라도 캡을 빼고 수영복을 입지는 않았는지 유심히 보고 있다. 그런데 이러다 아줌마 변태로 오해받는 건 아닌지.

질문의 도의를 잊지 말자

우리 아파트 같은 동 6층에는 볼이 발갛고 통통한 여자아이가 산다. 어떻게든 한번 말을 붙여보지 않고는 못 배길 만큼 귀엽다. 씩씩하게 인사도 잘하고 늘 혼자서 분주하다. 어느 날 남편이 엘리베이터에서 그 아이를 만났단다. 엘리베이터에는 남편과 아이 둘뿐이었는데 남편 역시 아이의 귀여움을 그냥 지나칠 수 없었다.

"아유 귀엽네. 몇 층 사니?"

"6층이요."

아이는 스스로 6층 버튼을 누르며 대답했다.

"아저씨는 몇 층 사세요?"
"13층."

아이는 힘겹게 손을 뻗어 13층 버튼도 눌러주었다. 그게
귀여워 남편은 또 물었다.

"몇 살이야?"
"다섯 살이요."

그러더니 아이는 또랑또랑한 목소리로 물었다.

"아저씨는 몇 살이에요?"
"어? 나? (목소리 점점 작아짐) 아저씨는 쉰 하고도…."

그 이야기를 듣고 온 식구가 깔깔 웃었다. 남편은 몇 살인지 대답하려는데 왠지 엄청 창피하더라고 했다. 몇 살인지도 한참 생각했다고 했다. 나도 누가 내 나이를 물으면 금방 대답이 안 나온다. 오십이 넘었다고 아이고 데이고 했던 기억은 분명한데 그게 올해였나, 작년이었나(헉! 혹시 재작년이었나)? 잘 모르겠다. 어른들끼리는 대놓고 몇 살이냐고 묻는 일이 흔하지 않다. 길거리서 싸움 났을 때나 듣는 말이다. "당신 몇 살이야?"

싸움 났을 때나 하는 말일 정도로 나이를 묻는 일은 예의가 아니라고 여겨진다. 그렇다고 또 나이에 아주 관심이 없는 것은 아니다. 애들 다니는 학교 엄마들, 동네 스포츠센터에서 자주 보는 사람들은 서로의 나이를 궁금해한다. 하지만 대놓고 묻지는 못하고 은밀히 탐문한다.

"그 엄마 몇 살이래?"

"글쎄? 나보다 어리지 않나? 저번에 보니까 ○○엄마한테 언니라고 하던데."

"○○엄마가 몇 살인데?"

"저번에 보니까 △△랑 동갑인 것 같더라고."

"△△는 대체 몇 살인데?"

이런 대화가 매일 오간다. 우리 사회에 연령주의가 있고 나이에 따라서 호칭과 태도를 정하다 보니 일어나는 일이다. 나이를 알고 나서는 "어머 정말요? 훨씬 어리게 봤는데"라는 덕담을 잊지 않는다.

묻는 게 나쁠 건 없다. 관심이 있으니 묻는 것이다. 관계가 만들어지려면 물어야 한다. 소개팅 자리에서 질문이 없다면 그 소개팅은 전망이 어둡다. 그렇지만 질문은 조심스럽게 해야 한다. 묻는 것 자체가 압박일 수도 있기 때문이다. 명절이 다가오면 신문, 방송에서는 '오랜만에 친척들이 모였을 때 절대 해서는 안 되는 질문'을 뽑아준다. 첫 번째가 "공부 잘하니?"다. 나도 어릴 때 그 질문을 지치도록 받았었다.

공부 잘하니? → 대학 어디 갔니? → 취업했니? → 결혼 안 하니? → 애 안 낳니? → (다시 처음으로 돌아가시오) → 애는 공부 잘하니? → 애는 대학 어디 갔니?

벗어날 수 없는 개미지옥이다. 관심과 애정이 충만해서 묻는 것이 아니다. 자주 보는 사이도 아니고 별로 할 말도 없기 때문에 대상의 처지와 심정은 전혀 고려하지 않는 그런 질문을 하는 것이다. 대답해도 금세 잊어버린다. 대학 졸업반인데 대학 어디 갔냐고 묻기도 한다.

"애기 많이 컸네. 둘째는 안 낳아?"
"애가 둘째인데요."

이런 상황도 얼마든지 생긴다.

질문은 보통 윗사람이 아랫사람에게 한다. 그렇다 보니 질문이 가져야 할 '도의'랄까, 그런 것은 별로 신경 쓰지 않는 것 같다. 해도 되는 질문과 해서는 안 되는 질문이 무엇인지, 좋은 답을 끌어내는 좋은 질문과 기분만 잡치게 하는 나쁜 질문의 차이는 어디에 있는지 관심을 가지지 않는다. 그냥 아무 생각 없이 툭 내뱉는 것이다.

"엄마가 좋아? 아빠가 좋아?"

어린애한테 이런 세상 쓸데없는 질문도 한다. 그걸 알아서 뭐에 쓰려고 어린아이를 시험에 들게 한단 말인가? 오다가다 만나는, 잘 알지도 못하는 아이들에게 아무 생각 없이 던지는 질문도 많다.

"학교 어디 다니니?"
"공부 잘하니?"
"짝꿍 좋아해?"

입장 바꿔 그런 종류의 질문을 받는다고 생각해보자.

"회사 어디 다녀요?"
"연봉은 높아요?"
"회사에 애인 있어요?"

엘리베이터에서 만난 아이에게 이런 질문 듣는다면 "아저씨는 몇 살인데요?" 정도와는 비교할 수 없을 만큼 당황스러울 것이다. 나이를 먹었다고 해서 무례한 질문을 해도 되는 권리가 생기는 것은 아니다. 질문의 도의를 잊지 말자.

싱글의 여행 가방

또래 친구와 함께 여행을 가면 아침저녁으로 반
복되는 풍경이 있다. 각자 자기 전화기를 붙들고 '엄마'로서
의 업무에 바쁜 풍경이다.

"딸! 일어났지? 아직도 비몽사몽 하면 어떡해! 빨리
　일어나! 얼른 씻고 시간 없으면 머리는 감지 말고.
　머리를 꼭 그렇게 맨날 감아야 해? 그리고 드라이기
　쓰고 나서 침대에 좀 두지 마. 수건도 빨래통에 넣

고. 알았다고 말만 하지 말고. 아무튼 얼른 일어나!"

"아들! 오늘 학원 꼭 가. 엄마 없다고 빼먹지 말고.
엄마 여기 있어도 학원에서 문자 다 와. 너 그거 학
원 한 타임에 얼만지 엄마가 얘기했지? 아니, 그렇
게 학원 가기 싫어서 어떡하려고 그래? 그럼 이참
에 다 때려치우든가. 엄마가 뭘 맨날 극단적이야?
네가 싫다니까 그렇지. 엄마도 너랑 싸우기 싫어."

"저녁 먹었어? 라면 먹지 말고 밥 먹어. 냉동실에 육
개장 있으니까 그거 녹여서 먹어. 어떻게 녹이긴?
냄비에 넣고 팔팔 끓이면 되지. 냄비 큰 거 써야 해.
냄비 어디 있는지 알지? 싱크대 아래 장에 빨간 뚜
껑 냄비 알지? 그거 써. 아, 없긴 왜 없어. 지금 가
봐. 싱크대 아래 장 열어 봐. 열었어? 빨간 냄비 있
지? 없어? 아니, 그게 어디 갔지?"

밥을 먹으라고, 김을 꼭 꺼내 먹으라고, 김을 먹다 남았으

면 지퍼락에 꼭 밀봉하라고, 지퍼락이 어디 있냐면 부엌 찬장 둘째 서랍에 있다고, 잘 좀 찾아보라고, 눈은 뒀다 뭘 하느냐고…. 같이 여행 간 사람들은 각 가정의 오늘의 메뉴와 살림살이의 위치까지 알게 된다. 한 끼쯤 김을 안 먹어도 될 것 같지만 있는 김을 혹시라도 안 꺼내 먹을까 봐 난리도 그런 난리가 없다.

물론 나도 마찬가지다. 나도 결혼했고 아이가 둘이고 잘하든 못하든 이제껏 가사노동과 자녀 양육을 맡아왔으니 집을 떠나왔다고 해도 그 의무감으로부터 완전히 떠나기는 어렵다.

아이를 두고 여행 가는 일이 가능해진 것도 사실 얼마 되지 않았다. 그냥 어느 날 갑자기 그런 날이 왔다. 그전에는 내가 집을 오래 비우면 집안에 분명 큰일이 생길 거라고 생각했다. 아이가 가스 불을 켜놓고 안 끌 거라고 생각했고 현관문을 닫지 않고 나가서 도둑이 들 거라고 생각했고 내가 깨워주지 않으면 학교도 못 갈 거라고 생각했다. 하지만 몇 번 해보니 그런 일은 없다는 것을 알게 되었다.

휴일이 아닌 때에(그래서 남편에게 아이를 맡기지도 못하는 때에) 내가 1박 2일 여행을 간 것은 작은 아이 제제가 초등학교 6학년 때였다. 그때가 처음이라 확실하게 기억이 난다. 큰애는 학교에서 수학여행을 갔고 남편은 새벽 출근을 하던 때였다. 내가 없으면 제제는 아침에 혼자 일어나서 혼자 아침을 먹고 혼자 가방을 챙겨서 학교에 가야 하는 상황이었다. 할 수 있겠냐고 물었더니 제제는 시원스레 할 수 있다고 대답했다. 그래도 어쩐지 마음이 놓이지 않았다. 자고 일어나보니 집이 텅 비어 아무도 없다니. 그런 쓸쓸함을 감당할 수 있을까 싶었다. 혼자 씻고 옷 갈아입고 누구에게도 다녀오겠다는 인사도 못 하고 조용한 집을 나선다고 생각하니 눈물이 앞을 가렸다(내가 이런 이야기를 하니 같이 여행 간 친구들이 좀 작작 하라고 했다). 그나마 다행인 것은 제제는 아침에 밥 먹기를 싫어해서 과일이나 빵으로 아침을 때운다는 것이었다. 빵을 이것저것 사 두고 바나나와 귤을 사서 식탁에 올려두었다.

막상 여행을 가서는 노는 것에 정신이 팔려 아들이고 뭐고 잊어버렸다가 다음 날 아침에 모닝콜을 했다.

"제제야, 잘 잤어? 이제 일어나야 해."

"나 벌써 일어나서 밥도 먹었어요. 냉장고에서 김치
랑 나물 꺼내서 먹었어요."

"그랬어? 착해라. 근데 어쩐 일로 아침에 밥을 먹었
어?"

"있잖아, 엄마. 엄마가 없다고 생각하니까 일어나자
마자 이상하게 배가 고프더라고."

제제가 그렇게 말해서 나는 울 뻔했다. 엄마가 없어서 정신
적으로 허기가 진 어린 아들이라니. 울어도 되는 그림 아닌가
(그런 얘기를 했다가 친구들한테 또 원성을 들었다). 하지만 시작
이 어려웠을 뿐, 그 후로 나는 기회만 되면 여행 짐을 싼다.
여행 간다는 패거리가 있으면 거기에 끼고 아무도 같이 갈
사람이 없으면 혼자라도 간다. 누구랑 어디를 갈까 요모조모
궁리를 해보고 여행을 다룬 TV 프로그램도 열심히 챙겨본다.

사실 이제야 나는 여행이라는 걸 해본다.

내가 어릴 때는 부모님과 함께 여행을 가본 적이 없다. 그
때는 가족여행이라는 개념 자체가 없었던 것 같다. 나만 그런

것이 아니라 친구들도 마찬가지였다. 방학 때 친척 집에 다니러 갔다 오는 것이 여행이라면 여행이었다. 나도 방학만 하면 그다음 날로 시골 할머니 집에 가서 개학 전날 돌아오곤 했다. 낯선 곳에 가서 숙박업소에서 잠을 자는 경험은 수학여행이 전부였다.

내가 대학에 다닐 때 해외여행 자유화 조치가 시행되었다. 옛날에는 외국을 유학이나 취업, 회사 출장 등으로만 다녔지 개인이 아무 목적도 없이 그저 '놀러' 가는 것은 나라가 허락해주지 않았다. 50세가 넘은 사람만 여행을 허락해주다가 조금 뒤엔 45세로 낮추었다가 연령 제한 없이 여행 자유화가 된 것이 1989년이다. "여행을 가는데 무슨 나라가 허락을 해주고 말고 해? 웃기네"라고 말하는 사람도 있겠지만 옛날에는 그런 웃기는 일도 많이 있었다. 여행 자유화가 되자마자 대학생들의 해외 배낭여행 붐이 일었지만 내겐 해당 사항이 없었다.

졸업한 뒤로는 시간도 없었고 돈도 없었다. 서울에서 어떻게 하든 방 한 칸 차지하고 뿌리내리고 살아야 했기 때문에 아등바등 여유 없이 살았다. 여유가 있어야 여행을 하는 건 아니지만 의지가 없었다. 해보지 않았으니 좋은 줄도 몰라서 여행하고 싶다는 생각도 없었다. 남자친구랑 싸우고 혼자 밤기차 타고 부산에 간 일이 생각난다. 밤을 꼬박 새우고 새벽에 도착해 좀 걷다가 바다가 내다보이는 카페에 들어갔다. 창가에 앉아 심각하게 우리 관계와 미래를 고민하다 정신을 차려보니 테이블에 엎드려 침을 흘리며 자고 있었다. 무려 세 시간을. 그쯤에서 사연 있는 여자 코스프레를 집어치우고 얼른 돌아왔던 기억이 난다.

결혼하고 아이 낳고 살면서는 휴가 때마다 가족여행을 갔다. 계곡으로도 가고 바다로도 갔다. 여름에 물놀이 하러 가고 겨울에는 눈 구경 하러 갔다.

그렇지만 솔직히 말해 그 가족여행은 여행이라기보다 가사노동에 가까웠다고 생각한다. 즐겁지 않았다는 뜻이 아니라 일탈로서의 여행, 쉼이라는 의미의 여행, 자신을 돌아보는 여행과는 거리가 멀었다는 뜻이다.

아이들을 데리고 여행을 가려면 짐 싸는 것부터 진 빠지는 일이다. 이민 가방 싸듯 짐을 싸고 막히는 차 안에서 지루해 하는 아이들을 달래고 애들 놀 때 짐 맡아주고 먹을 것, 마실 것 챙기고 자외선차단제 발라주고 종일 신경 써야 한다. 밖에 나가면 집처럼 편안한 환경이 아니니 할 일이 더 많고 더 피곤했다. 휴가 계획을 세울 때부터 머리가 아팠고 다녀오면 나가떨어졌다. 즐겁지 않았던 것은 아니고 억지로 갔던 것도 아니지만 그냥 관성적으로 갔다. 휴가철이 다가오면 당연히 온 식구가 어딘가 떠나는 것으로 생각했다. 행복한 가정이라면 다들 그러니까.

아이들이 자라고 이제야 가족이 없는 여행, 식구들을 두고 나만 집에서 쏙 빠져나오는 여행을 해보니 진심 꿀맛이었다. 사실 여행의 본뜻은 사람이든 집이든 두고 떠나는 것이다. 가족과 함께 여행을 가면 여행지에서도 나는 '엄마'지만 혼자 떠나면 그냥 '나'로 즐길 수 있다.

얼마 전 싱글인 작가 친구 둘과 함께 동남아 여행을 다녀왔다. 싱글 친구들. 결혼하지 않았고 아이가 없는 친구들 말이다. 오!!!!!! 느낌표를 열 개 이상 찍고 싶은 색다른 경험이었다.

일단 꾸려온 여행 가방 자체가 달랐다. 나는 모래사장에 깔고 앉을 담요, 혹시 모르니 각종 상비약, 목 아플까 봐 목 베

개, 추울지도 모르니 이런저런 겉옷과 스카프 등을 바리바리 싸 왔는데 싱글들은 집 앞 나들이라도 가듯 짐이 단출했다. 나는 집을 떠나도 완전히 떠나지 못하고 계속 걱정이 많았는데 싱글들은 그야말로 집을 싹 잊고 지금 여기에만 집중하는 모습이었다. 내 또래와 이야기를 나누다 보면 '반드시'라고 말해도 좋을 정도로 자식 걱정을 하게 되는데 전혀 그런 이야기가 없으니 나 역시 모모와 제제를 — 거의 — 잊고 놀았다. 나는 아이들에게 무엇무엇을 챙겨 먹으라는 통화는 안 하고 하루에 한 번 생사 확인 메시지만 보냈다. 매우 무성의한 답문이 와서 안심했다. 거기서 그녀들과 생전 안 하던 수상 액티비티도 다 해보았다. 내 여행 스타일은 조용한 휴양여행이라고 생각했는데 막상 놀아보니 그렇지도 않았다. 새벽부터 밤까지 지치도록 몸을 혹사하며 놀았고 내내 대단히 즐거웠다.

돌아오자마자 담엔 또 어디 갈까 검색했다. 세상은 넓고 가보고 싶은 곳도 많고 해보고 싶은 것도 많다.

내가 툭하면 여행 짐을 싸자 어느 날 모모가 진지한 표정으로 내게 물었다.

"엄마, 요새 왜 그래? 혹시 시한부야?"

나는 말했다.

"당연하지, 아들. 사람은 다 시한부야."

사람은 다 시한부다. 그것을 매 순간 깨달으면서 살고 싶
다. 하고 싶은 것이 있으면 지금, 미루지 말고 지금, 여건이
될 때까지 기다리지 말고 지금 당장 하면서 말이다.

4장

웃긴 할머니

장래 희망은

이담에 뭐가 될까

화실에 다니고 있다. 일주일에 한 번씩 간다. 오래전부터 그림을 배우고 싶다고 생각했다. 오래전이라니 언제인가 곰곰 생각해보니 아이들에게 그림책을 읽어주던 때부터였던 것 같다. 이런 그림책을 나도 만들어보고 싶다고 생각했다. 별로 현실성은 없었다. 일부러 시간 내서 미술 전시회 한 번 가본 적 없을 만큼 그림에 취미도 없었고 학교 다닐 때 미술 실기 점수도 별로 좋지 않았다. 그래도 그림책은 해보고 싶었다. 그림을 배워야 한다고 생각하며 '스케치의 기초'라든가 '일러스트 연습장' 같은 책들만 틈틈이 사들였다.

오십을 앞두고 더 이상 미루지 않겠다고 결심하고 미술 강좌에 등록했다. 첫 시간에는 선 긋기를 했다. 아래로 길게. 옆으로 길게. 정말 두 시간 내내 했다. 다른 데서도 다 그렇게 하나? 연필 잡는 감각, 손목이 아닌 팔 전체를 쓰는 감각을 위해서라고 하는데 나는 그게 일종의 시험대는 아니었을까 의심한다.

"한두 달 해보고 재미없다고 관둘 거면 지금 당장 관
두셔!"
"흥! 이래도 배울래?"

뭐 이런 것? 그러니까 중국 무술 영화에 나오는 그런 것 말이다. 주인공은 전설의 비기를 배우러 산속에 은둔하고 있는 무림의 고수를 찾아간다. 그러나 고수는 비기를 전수해주기는커녕 온종일 물 긷는 일만 시키거나 또는 체벌에 가까운 한 발로 서서 버티기 이런 것들만 내내 시킨다. 그것을 버텨

내면 드디어 전설의 비기를… 그건 아닌가? 여하튼 선 긋기, 땡글땡글 철조망 그리기, 그다음 주엔 계란 그리기, 조개 그리기, 만두 그리기 이런 것들을 내내 했다.

엄청 쉽다고 생각하기 쉽지만, 생각처럼 쉽지 않다. 진짜다. 어렵다. 계란을 그냥 타원형이 아닌 계란처럼, 조개를 피자 조각이 아닌 조개처럼 그리는 것은 만만치 않다. 그중에서도 가장 어려운 점은 그런 것들을 두 시간 내내 그린다는 점이다.

그 후로도 어느 날은 두 시간 내내 상자를, 어느 날은 내내 종이컵을, 또 어느 날은 테니스공을 그리다가 몇 달이 지나 드디어 사람을 그리게 되었을 때 정말 기뻤다. 처음 색을 쓰게 되었을 때도 기뻤다. 더 이상 참을 수 없을 때까지 지겹게 만들다가 어느 순간에 크게 선심 쓰듯 형태가 들쭉날쭉한 것을 그리게 해줌으로써 '형태가 들쭉날쭉한 것을 그리는 일' 자체를 감사하고 기쁘게 받아들이도록 하는 것이 우리 선생님의 수법…이 아니라 교육철학인 것 같다.

2년이 좀 넘은 지금, 나는 스스로의 재능에 감탄하고 있다.

나 혼자만의 생각이 아니다. 내가 그린 그림을 페이스북에 올리면 친구들은 '좋아요'를 누르고 "재능 있네"라는 댓글을 달아준다. 내 재능을 인정해주지 않는 사람은 오직 화실 선생님뿐이다.

"와, 여기 이 부분 정말 잘 그리지 않았어요?" 하면
"잘하셨어요. 하지만 그렇게 흥분하실 정도는 아니에요." 한다.

이것저것 섞어 색을 만들어내고

"오, 고려청자 색깔이 나왔어요."

했더니 무척 조용한 스타일의 선생님인데 "하.하.하." 진심으로 비웃었다.

어쨌거나 지금 나는 자신의 재능을 믿어 의심치 않으며 화실에 다니고 있다. 노년의 내 꿈은 그림책 작가가 되는 것이다. 그림책을 쓰고 그리는 할머니라니! 생각만 해도 멋진 일

이다. 책의 스토리와 콘티도 두 개나 짜놓았다. 그림만 그리
면 된다. 내 재능을 봤을 때 이른 시일 내로 가능하지 않을
까? 하.하.하.

아래는 내가 만들어 둔 그림책 스토리다.

소풍 날 소나기

곰돌이와 토끼와 강아지와 다람쥐. 봉제 인형 친구들이 다
함께 들판으로 소풍을 갔어요. 햇살 좋은 곳에 자리를 잡고
준비해온 도시락을 나누어 먹어요.
어? 그런데 갑자기 먹구름이 몰려오네요.
아! 소나기예요. 비를 피할 곳을 찾아야 해요.
저쪽에 커다란 버섯이 있네요.

"모두 버섯 밑으로 가자."

토끼, 강아지, 다람쥐는 버섯 밑으로 몸을 피했어요. 그렇지만 곰돌이는 들어가지 않아요. 곰돌이는 아주 커요.

"곰돌아! 어서 들어와!"
"아니야, 난 괜찮아. 내가 들어가면 너희들도 다 비를 맞게 될 거야. 난 아주 크니까."

친구들이 걱정해주지만, 곰돌이는 버섯 옆에 서서 비를 맞았어요. 금세 소나기가 그치고 해가 났어요. 하지만 곰돌이는 흠뻑 젖었어요.

"비가 그쳤네. 이제 돌아가자."

하지만 곰돌이는 움직이지 못해요. 왜냐면 흠뻑 젖었으니까요. 젖어서 아주 무거워졌어요. 친구들은 곰돌이를 끌고 밀었어요. 하지만 곰돌이는 축 늘어진 채 움직이지 않아요.

"어떡하지? 곰돌이는 비를 너무 많이 맞았어."

모두 걱정스러운 표정이에요. 그러다 토끼에게 좋은 생각이 났어요.

"아! 이렇게 하면 돼! 우리가 비를 나누어 가지자."
"어떻게?"
"이렇게!"

토끼가 곰돌이를 꽉 껴안았어요. 그러자 곰돌이 몸의 빗물이 토끼에게 조금 옮겨갔어요. 강아지도 곰돌이를 꽉 껴안았어요. 다람쥐도 곰돌이를 꽉 껴안았어요. 모두 자기 몸으로 곰돌이의 빗물을 닦아주었어요. 곰돌이의 비를 나눠 가지자 곰돌이는 조금 가벼워졌어요. 모두 다 젖었지만, 곰돌이는 이제 걸을 수 있어요. 모두 해가 비치는 따뜻한 바위 위로 올라갔어요. 모두 햇살에 몸을 말려요. 뒹굴뒹굴 젖은 몸을 말려요. 모두 더 친해졌어요.

구름 빨래

아이에게 빨간 세발자전거가 생겼어요. 하지만 아이는 아직 자전거를 타보지 못했어요. 엄마가 말해요.

"밖에 비가 오잖니? 비가 그치면 타렴."

아이는 창가에 서서 비가 그치기를 기다려요. 하지만 비는 계속 내려요. 아이는 원망스럽게 하늘을 쳐다봐요. 하늘에는 먹구름이 가득해요.

"아하! 저 까만 구름 때문에 비가 오는 거야. 내가 구름을 깨 끗하게 빨아주어야지."

아이는 주룩주룩 내리는 빗줄기를 꼬아서 밧줄을 만들어요. 그 밧줄을 타고 하늘로 올라가요. 가루비누도 가져가요. 가 루비누를 풀고 빗물 웅덩이에 먹구름을 집어넣어요. 아이는 먹구름 빨래를 해요. 엄마가 이불 빨래 하는 것처럼 발로 밟

아요. 비눗방울이 하늘 가득 둥실둥실 떠다녀요. 빨래는 신
나요. 먹구름이 깨끗한 흰 구름으로 변했네요. 하얀 구름을
줄에 널어요. 구름이 보송보송 말라요. 비가 그치고 무지개
가 떴어요. 아이는 무지개를 타고 신나게 미끄러져 내려와
요. 아이가 드디어 빨간 자전거를 타요.

"신난다. 달려라~!"

푸른 하늘이 보여요. 아이가 빨아 놓은 새하얀 구름이 둥실
둥실 떠가요.

나는 카페라이터

나는 카페라이터다(카피라이터 아님 주의).

카페라이터란 '세상에 있는 여러 카페를 다니면서 그곳의 커피를 마셔보고 실내온도와 습도, 인테리어와 청결 정도를 평가하고, 주인 또는 아르바이트생의 응대를 살펴 그 적절함을 평가하고, 커피 외 베버리지의 퀄리티, 빵과 디저트류의 구색과 맛, 신선도 등을 조사하여 기록하고 발표하는 직업'은 당연히 아니다. 그런 직업이 혹시 있는지는 모르겠다. 전국 방방곡곡 숨어있는 좋은 카페, 시골다방을 탐방한 책들은 몇

권 보았다.

　나는 카페라이터. 카페에서 글 쓰는 사람이다. 카페라이터라는 말이 있나 하고 찾아보니 그런 말을 쓰는 사람은 없는 것 같다(구글 검색해도 안 나온다). 둘러보면 카페에서 글 쓰는 사람은 엄청 많은데 카페라이터라는 말이 없네? 새로운 말을 만들어낸 듯 뿌듯해진다. 나는 카페에서 글을 쓴다. 그런지 몇 년 되었고 그동안 여러 카페를 전전했다.

　커피 한 잔 시켜놓고 여러 시간 혼자 앉아있는 카페라이터를 주인이 좋아할 리 없다. 손님이 많지 않을 때는 괜찮지만 점심시간 무렵 손님이 꽉 차서 자리가 없을 때면 내 쪽에서도 눈치가 보인다. 잘 아는 동네 언니가 집 근처에 카페를 차렸을 때 정말 기뻤다. 언니는 창가에 나를 위한 일인용 자리를 만들어 주었다. 그래서 요즘은 아주 마음 편하게 카페를 이용하고 있다.

　카페에서 글을 쓰는 이유는 글을 쓸 만한 다른 공간이 없기 때문이다.

집에서는 글이 안 써지나? 당연하다. 우리 집은 네 식구인데 낮에는 집이 빈다. 그렇지만 집에서의 나는 '주부인 나'에서 '작가인 나'로 모드를 완벽히 바꾸기가 어렵다. 집에는 걷어야 하는 빨래, 버려야 하는 음식물 쓰레기가 있고 때때로 택배가 왔다고 초인종이 울리며 어쩌다 냉장고가 눈에 띄면 자동으로 저녁 반찬거리 걱정이 된다. 거실 구석에 뭉쳐 돌아다니는 먼지도 눈에 띄고 테이블에 쌓여있는 각종 고지서며 카드 명세서들이 정신을 산란하게 한다. 어쩌다 그게 눈에 띄면 '아차, 이거 연체료 물기 전에 어서 내야지' 생각하게 되고 눈에 띈 김에 들여다보면 '이달에 왜 이리 전기료가 많이 나왔지? 건조기를 사야겠는데 그게 전기료가 얼마나 드나?' 하는 식으로 생각이 다른 길로 빠진다. 그러면 인터넷으로 건조기를 검색해보고 가격 비교도 해보고 그러다 보면 다른 물건도 보게 되고 또 그러다 보면 이제 저녁 할 시간이 되는 것이다. 집안일에 얼마나 성실한가와 관계없이 그냥 집이라는 공간 자체가 나를 주부로 만든다.

한마디로 집에서는 글쓰기에 집중이 안 된다. 집중하면 하는 것이지 꼭 공부 못하는 애들이 환경 탓한다고 나도 아이들에게 말한다. 제제(자기 방을 게임 룸이라고 믿는 아들)는 집에서는 공부가 안 된다고 시험 때는 꼭 독서실에 간다.

　나는 내게 가장 관대하므로 내 집중력을 탓하지는 않고 마음 편하게 카페에 간다. 낮에는 나 말고도 노트북을 펴놓고 있는 사람들이 많이 있다.

　조앤 K. 롤링이 커피숍에서 해리포터 시리즈를 썼다는 것은 유명한 이야기다. 집에 난방할 돈이 없어서 추운 겨울날 아기를 유모차에 태워 가서는 커피숍에서 온종일 글을 썼다는 것이다. 그 이야기를 들은 우리들의 반응은 이렇다.

　　"그럼 조앤 롤링 아기는 하루 종일 유모차에 얌전히
　　앉아 있었어? 칭얼거리지도 않고? 역시 유명 작가
　　아기는 뭐가 달라도 달라!"

　해리포터 시리즈의 성공에는 조앤 롤링 아이의 '순함'도 막대한 지분을 가지고 있다.

가끔 작가 친구들의 작업실에 놀러 간다. 작업실이란 어디든, 어떻게 꾸며져 있든 부러운 공간이다. 어떤 방해도 없는 이런 공간이라면 없던 영감도 막 샘솟을 것 같고 내가 베스트셀러를 써내지 못하는 이유는 다 이런 작업실이 없어서인 것만 같다. 그렇지만 막상 작업실을 얻을까 진지하게 생각해보면 그건 내키기가 않는다. 작업실은 공짜가 아니니 매달 나가야 하는 월세도 아깝지만, 작업실까지 갖게 되면 왠지 엄청나게 부담스러울 것 같기 때문이다.

내게는 전업작가라는 의식이 별로 없는 것 같다. '전업'이라는 말이 주는 무게가 만만치 않다. 다른 일을 하면서 글도 쓰는 게 아니니 전업인 게 맞긴 맞는데 전업작가라고 보기에는 글쓰기에 들이는 시간이나 에너지가 영 내세우기 부끄럽다. 성실한 직장인 수준으로 글을 쓰는 것도 아니고 성실한 직장인 수준의 수입을 벌어들이는 것도 아니면서 성실한 직장인이나 가지고 있을 만한 작업 공간을 따로 마련한다는 게 양심에 걸리는 것이다(마찬가지 이유로 전업주부라는 말도 못한다. 다 내가 매우 양심 있고 경위 바른 사람이어서 그렇다).

그래서 나는 카페라이터가 되었다. 찾아보니 키친테이블라이터라는 말이 있다. 전업작가는 아니지만 틈날 때마다 ― 부엌에 있는 테이블에서 ― 글을 쓰는 사람이라는 뜻이라니 내가 거기에 속하는 것 같다.

어디서 글을 쓰든 무슨 라이터라고 불리든 사실 아무 상관 없는 일이다. 중요한 것은 꾸준히, 지치지 말고, 삶이 그대를 속일지라도 슬퍼하거나 노여워하지 않으면서 계속 쓰는 것이다.

길고양이는 어디에 몸을 누일까

      학교에서 돌아오는 모모의 손에 종이상자가 들려 있었다. 택배는 아니고 선물상자도 아니었다. 상자는 뚜껑이 살짝 열려 있었고 모모는 안에 있는 것이 쏟아질까 염려하는지 조심조심 상자를 내려놓았다. 나까지 조심스러운 마음. 숨을 죽이고 안을 가만히 들여다보았다. 바들바들 떨고 있는 조그만 털 뭉치. 새끼 고양이다.

  모모가 돌아오기 한 시간 전쯤 전화가 왔다.

"엄마, 고양이 데려가면 안 돼?"

"고양이라니?"

대안학교인 모모네 학교에는 길고양이 급식소가 있다. 그 동네 길고양이 대여섯 마리가 밥을 대놓고 먹는다. 길고양이 지만 이름도 있다. 복면한 것처럼 눈 주변이 까만 배트맨, 구 내염에 걸려서 묽은 사료 죽을 주어야 하는 루시, 착하고 얌 전해서 아이들이 등을 쓰다듬으면 골골거리는 레오, 언제나 울고 있으면서 근처에는 절대 못 오게 하는 울보. 그 고양이 들 외에도 손님처럼 나타났다 사라지는 고양이들이 있고 그 냥 흔적만 남기고 가는 고양이도 있다.

그러다 난데없이 새끼 고양이가 나타났다. 그날 화단에서 새끼 고양이 두 마리를 발견한 아이들은 깜짝 놀랐다. 뭐냐, 얘네들? 학교 급식소를 이용하는 고양이들의 새끼는 아니다. 학교 고양이들은 모두 중성화 수술을 마쳤다. 새끼 고양이들 의 엄마는 다른 영역에서 온 길고양이임이 분명했다. 학교 화 단에 새끼를 낳은 것은 아니고 다른 곳에서 낳아서 한 달 정 도는 길렀을 것 같다. 애들이 발견했을 때 두 마리 다 눈을 떴고 자기 발로 잘 걸을 수 있었고 이빨도 있었다.

"그럼 엄마가 있는 고양이잖아. 그런 애를 왜 데려
왔어?"
"엄마가 버린 거라니까. 새끼만 있고 엄마는 없었어."
"엄마가 먹을 걸 구하러 갔겠지."
"아니야. 애들이 둘째 시간부터 울기 시작했는데 학
교 끝날 때까지도 계속 울고 있었어."

하루 종일 엄마는 볼 수 없었다고 한다. 하교 시간이 될 때
까지도 계속 화단 덤불 사이에 숨어있는 새끼 고양이를 그냥
두고 올 수는 없었다는 것이다. 한 마리는 모모가 데려오고
또 한 마리는 학교 선생님이 안고 가셨단다.

"너무 어려서 고양이 엄마가 없으면 키울 수 없을 것
같은데…."

무게를 재보니 400g이다. 시금치 한 근 무게. 고양이라기

보다는 그냥 희고 검은 털 뭉치. 울음소리도 '야옹'이 아니라 '묘-'나 '먀-'로 들린다.

나는 동물을 길러본 적이 없다. 내가 고등학교에 다니던 시절에 우리 집 마당에 '깜보'라는 검정 개가 한 마리 있긴 했는데 새벽에 학교 가면 자정에나 집에 돌아오던 시절이어서 강아지에게 말 한번 제대로 걸어본 적이 없다. 대학 진학을 하며 상경했기 때문에 깜보와 친해질 기회도 영영 사라졌다.

고양이는 정말 난생처음. 남편도 마찬가지고 아들들도 마찬가지다.

모모와 둘이 앉아 스마트폰 검색부터 시작했다. 어떻게 해야 해? 뭘 먹여야 해? 아직 엄마 젖을 먹어야 하지 않나? 얘는 태어난 지 대체 얼마나 된 거야. 어디서 재워? 똥은 어디다 싸? 집에 있는 거라곤 구석에 숨어서 벌벌 떨고 있는 고양이 한 마리와 그 아이를 데려온 종이상자 하나 덜렁.

해는 저물어 가는데 어찌할 바를 모르다가 집 앞에 있는 동물병원부터 갔다. 당장 뭘 해야 하는지 뭘 사야 하는지 오늘 하룻밤을 당장 어떻게 지내야 하는지 두려웠다.

익숙한 두려움이다. 모모를 낳았을 때, 병원에서 퇴원하자 이런 마음이었다. 병원에 갈 때는 없었던 아이가 올 때는 생겼다. 아이를 속싸개, 겉싸개로 싸서 안고 집에 돌아와 방에 내려놓고 보니 막막하고 기가 막힌 기분이었다.

'음….'
'좋아!'
'됐어!'
'….'
'자, 이제 어쩌지?'

뭐 그런 기분. 내 집 안에 놓인, 내 책임하에 놓인 어린 생명체를 대할 때 느끼는 두려움. 나는 아무것도 모르는데. 잘못되면 어쩌지? 이 밤을 무사히 지날 수 있을까?

동생에게도, 아빠에게도 모모는 고양이가 둘째 시간부터 울었는데 학교 끝날 때까지 계속 울었다는 말을 반복했다. 모

모는 고양이 이름을 뚝배기라고 지었다("고양이 이름이 예쁜
게 얼마나 많은데 뚝배기가 뭐냐?" "뭐가 어때서? 패기 있잖아!").

그날 고양이 분유와 젖병, 화장실과 모래만 사서 돌아왔고
그다음 날부터는 택배 아저씨가 매일 아침저녁으로 방문했
다. 고양이 밥그릇, 물그릇, 담요, 이동장, 스크래처, 손톱 가
위, 장갑 모양 빗, 실리콘 빗, 철 빗. 고양이 털 떼는 롤 찍찍
이, 장갑 찍찍이, 마술 찍찍이(마술은 개뿔!). 화장실(뚜껑 없는
거로 샀다가 헉! 다시 뚜껑 있는 화장실로). 그리고 모래. 변기에
버려도 되는 모래, 먹어도 되는 모래, 먼지 안 날리는 모래.
그리고 또 사료. 설사 없애는 사료, 변비 없애는 사료, 털에
윤기를 주는 사료, 등급 사료, 유기농 사료, 비싼 사료, 더 비
싼 사료. 고양이가 씹는 장난감, 고양이가 발로 차며 노는 장
난감, 고양이가 앞발로 꺼내는 장난감, 깃털 달린 장난감, 방
울 달린 장난감, 꼬리 달린 장난감, 냄새에 취하는 장난감, 캣
타워까지!

우리 집 고양이는 택배가 오면 당연히 자기 것인 줄 안다.
택배 아저씨가 무서워서 아저씨가 현관에 있을 때는 어디 구
석에 숨어서 숨만 쌕쌕거리고 있다가 문이 닫히기 무섭게 상

자로 돌진한다.

　"뭐야 뭐야? 내꺼야? 내꺼지? 나 줘, 나 줘, 열어 줘,
　빨리 줘!"

　그런 소리가 들리는 것만 같다. 고양이가 하도 난리를 쳐서
택배 상자를 제대로 뜯지도 못한다. 뜯으면 또 뜯는 대로 안
에 있는 비닐을 가지고 난리를 치고 상자 속으로 들어가고
물건을 입으로 뜯고 발로 할퀴니 나는 손으로는 택배를 뜯고
발로는 고양이를 밀어내며 바쁘기가 이루 말할 수 없다.
　이제 고양이는 우리 집 '울 애기'의 지위를 획득했다.

　"울 애기 잘 잤어?"
　"울 애기 어디 있니?"
　"아이고 예뻐라 울 애기!"

　고양이는 따뜻하다. 고양이는 포근하고 몰캉몰캉하고 폭신
하고 보드랍다. 아침에 일어나서 밤새 안녕했느냐고 고양이

가 다리 사이로 와서 스르륵 몸을 비벼대면 너무나 마음이 따뜻해진다. 죽죽 몸을 늘이며 고양이 기지개 켜는 모습을 보면 내가 다 시원하고 개운해진다. '이래서 고양이를 기르는구나!' 싶은 순간이 하루에도 백 번이다. 내 무릎 위에서 잠든 고양이를 깨우지 않으려고 소파에 앉아 오줌을 참는 나날들이 이어졌다.

그리고 겨울이 왔다. 고양이가 우리 집에 들어오고 한 달도 채 안 되어 한파가 닥쳐왔다. 연중 가장 추운 날은 갑자기 추워진 날이다. 하룻밤 새 기온이 10℃ 이상 떨어지고 각자의 스마트폰에 삐융삐융하며 한파경보 문자가 날아들던 날. 나는 창밖을 바라보며 길고양이들 생각을 했다. 이런 날 길고양이들은 어떻게 견딜까? 아파트 주차장에서 가끔 보이는 치즈태비는 지금 어디 있을까?

예전에 나는 길고양이를 그저 길고양이로 보았다. 거기 있어도 전혀 어색하지 않은 당연한 존재로 보았다. 마치 까치를 보듯 길고양이를 본 것이다. 눈밭에서 까치가 쫑쫑 뛰어다녀도 발이 시리겠다거나 눈밭에 무슨 먹을 것이 있겠나 걱정하는 마음은 들지 않았다. 까치는 까치니까 알아서 잘 살겠지 싶었다. 길고양이나 까치나 마찬가지일까? 고양이는 어떻게 사는 것이 자연스러운가? 주차장에서 아파트 화단에서 골목 전신주 밑에서 고양이를 보는 것은 자연스러운 건가? 나는 잘 모르겠다.

고양이가 얼마나 따뜻한 것을 탐하는지 나는 우리 고양이를 보며 알게 되었다. 집 안은 따뜻하고 한겨울에도 20℃가 넘게 보일러를 맞춰놓고 있는데도 우리 집 고양이는 좀 더 따뜻한 곳, 좀 더 온기가 있는 곳을 탐한다. 창유리로 들어오는 햇빛을 찾아 몸을 눕히고 텔레비전의 셋톱박스나 노트북 위에 올라앉는다. 폭신한 방석 위, 쿠션 위, 이불 위에 올라간다. 따뜻하게 데워진 비데 뚜껑 위에도 잘 올라간다.

길고양이는 어디에 올라갈까? 추운 날, 바깥의 어디에 네 발을 올리고 배를 깔고 엎드릴까? 모모가 데리고 오지 않았더라면 이 날씨에 우리 뚝배기도 추운 곳을 헤매고 다녔겠지 생각하니 가슴이 미어졌다. 나는 길고양이 중성화수술, 캣 맘의 활동에 관심을 두게 되었다. 외출할 때는 혹시 모를 만남에 대비해 가방에 고양이 간식을 챙겨 넣는 습관도 생겼다.

내가 무엇과 새로운 관계를 맺는다는 것은 그 종을 대표한 무엇과 관계를 맺는다는 뜻이다. 고양이 한 마리와 관계를 맺으면서 나는 세상의 모든 고양이에게 관심이 생겼고 이전에 한번도 생각해보지 않은 것들을 생각하게 되었다. 뭐든 겪어봐야 알게 된다.

나는 임신과 출산, 육아를 겪으면서 장애를 가진 사람이 세상을 살기란 얼마나 불편할지 조금이나마 알게 되었다. 몸의 균형을 잘 잡을 수 없는 임신부가 이용하기에 대중교통이 얼마나 불친절한지 체험했다. 유모차를 밀고 다니며 세상에 얼마나 많은 턱과 계단이 있는지 알게 되었다. 아이들을 데리고 다니며 세상 사람들이 자신들의 평안에 손톱만큼이라도 지장을 주는 사람을 어떤 눈길로 바라보는지 느끼게 되었다. 아이를 데리고 있는 엄마들은 자연스럽게 사회적 약자, 주변부의 삶을 체험하게 된다.

이제 나는 점점 더 늙어갈 텐데 노화 역시 마찬가지다. 노인은 돌봄이 필요한 존재, 사회적 부담이 되는 존재로 취급된다. 각자 처지와 입장이 다를 텐데도 그저 어떤 부류, 집단으로만 여겨진다. 이제 내가 노인이 되면 새롭게 느끼고 알게 되는 것이 또 있을 것이다. 보아온 세상이 많을수록, 겪은 일이 많을수록 점점 품이 넓어지는 걸까? 이해하고 공감하는 마음도 커질 수 있을까? 늙어갈수록, 약해질수록 소수자, 약자의 경험을 가지고 연대하며 살 수 있기를 바란다.

함박눈이 내리던 날, 모모는 뚝배기를 품에 안고 눈 내리는 창밖을 하염없이 바라보고 서 있었다. 아이가 몇 번이고 중얼거렸다.

"야, 넌 어쩔 뻔했어. 눈 오는 거 봐라. 이렇게 눈 많이 오는데 너 어쩔 뻔했냐."

모모가 고양이 등을 가만가만 쓰다듬었다.

숙련은 없지만 정년도 없다

예술은 숙련이 안 된다. 아마도 그게 예술가를 지옥으로 몰아넣는 원인일 것이다. 오래 한다고 해서 많이 한다고 해서 더 나아진다는 보장이 없는 일. 늙은 예술가가 병든 육체와 지친 영혼을 작품에 갈아 넣었지만 초기작보다 못하다는 평가를 받을 수도 있다. 가여운 일이다.

하다 보면 점점 잘하게 되는 일을 직업으로 가진 사람은 좋겠다고 생각한다. 구두를 만들거나 기계를 다루거나 외국어를 가르치는 일. 숙련이 있는 일.

글쓰기는 숙련이 있을까? 하다 보면 늘까? 물론이다. 많이 읽고 많이 쓰는 것이 글쓰기를 배우는 유일한 방법이다. 많이 쓸수록 전체 글을 구성하는 능력, 문장을 다루는 실력이 는다고 믿는다. 그런데도 정말로 점점 더 잘 쓰게 되느냐고 묻는다면 나는 슬픈 얼굴로 고개를 저을 수밖에 없다. 아무리 생각해도 그럴 것 같지 않기 때문이다. 이십 대 소설가들보다 육십 대 소설가들의 작품이 더 좋다고 말할 수 없다. 같은 작가를 놓고 보더라도 그 작가의 초기작보다 후기작이 더 훌륭하다고 말할 수 없다. 변화는 있겠지만 그 변화가 숙련에 의한 진전이라고 볼 수는 없는 것이다.

나는 그림을 배우러 화실에 다닌다. 초반에 그렸던 그림을 지금 다시 보면 엄청 허술하고 서툴지만, 당시에 나는 내 솜씨에 감탄하며 천지 사방 자랑을 해댔다(화실 선생님은 내 흥분을 진정시키기 위해 늘 애썼다). 지금 나는 예전 그림을 보며 또 흥분한다(우와! 나 그림 솜씨 엄청 늘었잖아). 계속하면 점점 더 잘 그리게 될 거라고, 숙련될 것이라고 믿는다. 그러나 거기까지다. 도구를 다루는 일, 색을 만드는 일은 점점 잘하겠지만 그래서 시간이 지나면 나는 마침내 화가가 될까? 10년이 넘으면 걸작이 나올까? 그렇진 않을 것 같다.

글쓰기도 그림과 마찬가지다. 나는 글자를 깨치고 난 뒤로는 죽 글쓰기를 해왔고 스물다섯 살부터 글을 써서 돈을 벌었다. 그동안 점점 더 잘 쓰게 되었을까? 그랬다면 참 좋겠지만 그렇지는 않은 것 같다. 앞으로 더 나아진다는 보장도 없다. 미래를 믿지 못하니 참 쓸쓸하다. 믿음이 있어야 희망도 생기고 힘을 낼 수 있는데 말이다.

그러나 다른 데서 희망을 찾는다. 글쓰기는 숙련이 없지만, 정년도 없다. 퇴사해야 하는 나이는 없으며 반납해야 할 면허증도 없다. 젊은 시절보다 더 좋은 글을 쓴다는 보장은 없어도 젊은 시절과는 다른 글을 쓴다는 보장은 있다. 십 대는 십 대의 글을 쓰고 칠십 대는 칠십 대의 글을 쓴다. 내가 지금 쓰고 있는 중년 에세이는 아무리 훌륭한 작가라 해도 이십 대가 쓸 수 있는 글은 아니다.

작가는 나이 먹는 것이 두려운 직업이 아니다. 축구 선수, 발레리나, 회사원은 한 해 한 해 나이 먹는 것에 압박을 느끼겠지만 작가는 그렇지 않다. 내가 더 나이를 먹으면 지금과는 다른 감성과 깨달음으로 또 새로운 글을 쓸 것이다.

　시바타 도요라는 작가가 있다. 1911년생으로 2013년 타계하기까지 백 년 넘게 살았다. 아흔이 넘어 시를 쓰기 시작했고 아흔여덟에 첫 시집을 냈다.
　그녀는 〈약해지지 마〉라는 시에서

　　햇살과 산들바람은
　　한쪽 편만 들지 않아
　　나도 괴로운 일
　　많았지만
　　살아있어 좋았어
　　─ 시바타 도요, 《약해지지 마》, 지식여행, 2010

라고 썼다.
　백 살 할머니가 하는 말이다. 가슴이 저릿해진다. '살아있어 좋았어'라니. 백 년을 사는 동안 그녀를 지나갔을 풍파를 상상해보라. 그런데도 가지고 있는 생에 대한 긍정이 예사롭게 느껴지지 않는다. 백 살인 작가가 쓴 시, 백 살이어서 쓸 수 있는 글이다. 〈비밀〉이라는 시도 있다. 시의 마지막 연이다.

> 아흔 여덟에도
>
> 사랑은 하는 거야
>
> 꿈도 많아
>
> 구름도 타보고 싶은 걸
>
> ─ 시바타 도요, 《약해지지 마》, 지식여행, 2010

나는 이 시를 읽고 가슴이 뜨거워져서 울었다. 백 살 할머니가 이야기하는 사랑과 꿈. 내가 구름을 타보고 싶었던 게 언제였던가 싶었다. 시를 읽고 오랜만에 고개 들어 하늘도 보았다. 어린아이도 젊은이도 구름을 타보고 싶다는 글을 쓸 수 있다. 그것은 그 나름의 울림이 있을 것이다. 하지만 백 살 할머니가 구름을 타보고 싶다고 말하면 울지 않을 도리가 없다. 감동의 깊이가 다르다.

나는 '나이 먹은 나'에 대한 기대가 있다. '나이 먹은 내가 쓰는 글'에 대한 기대다. 숙련은 없을지라도 정년도 없으니까. 늙어서는 훌륭한 작가가 될지도 모르지. 그러니까 계속 쉬지 않고 써야 한다고 자신을 독려한다. 아무도 알아주지 않는다고 해도 말이다.

할머니들은 참 대단해

라디오 프로그램에서 어떤 소설가가 말했다.

"저는 장래 희망이 할머니예요."

그 소설가는 남자지만 할아버지보다는 할머니가 되고 싶다고 했다. 할머니들은 알아서 밥해 먹고 다른 할머니들 만나서 놀고, 저녁이면 드라마도 보면서 즐겁게 사는 것 같단다. 반면 할아버지는 그런 할머니 뒤만 졸졸 따라다니는 것처럼 보인다고 했다. 늙어서도 스스로 일상을 돌보며 씩씩하게 살고 싶지 누구 뒤만 따라다니고 싶지는 않다는 것이다.

옆으로 누워 엉덩이를 투덕거리며 흥얼흥얼 노래를 부르는 할머니. 내게도 할머니의 이미지는 그런 것이다. 어린 시절 동생들과 숨바꼭질을 할 때 동생이 마당에 서 있던 할머니의 긴 치맛자락 속에 숨은 적이 있다. 내가 동생을 찾아 온 집 안을 다 헤매고 다니는 동안 할머니는 새 구경을 하는 척하며 천연덕스럽게 한 자리에 서 있었다. 내가 "못 찾겠다. 꾀꼬리!" 하고 동생이 할머니 치맛자락 속에서 기어 나올 때 허리를 꺾으며 깔깔깔 웃던 할머니의 모습이 기억난다.

내가 다니는 수영장은 평일 오후 2시에 아쿠아로빅 강습이 있다. 나는 저녁 수영 강습에 가지만 가끔은 2시에 자유 수영을 하러 가기도 한다. 2시에 가면 수영장 가장자리 한쪽 레인만 쓸 수 있다. 나머지는 아쿠아로빅 공간이다. 커다란 수영장 대부분을 꽃분홍색 수모를 쓴 할머니들이 꽉 채우고 있다. 그렇게 많은 할머니를 한꺼번에 보는 것은 낯선 일이라 처음에는 좀 놀랐다. 정확히 말하자면 많은 할머니가 '그런 모습'으로 있는 데 놀랐다. 단체로 수영복을 입은 할머니들이라니. 샤워실에서 볼 때는 과연 운동이란 것을 할 수는 있을까 의심스러울 만큼 고령의 할머니가 많았다. 머리는 새하얗고 걸음걸이는 불편해 보였다. 그런 할머니들이 천천히 머리에 꽃분홍 수모를 쓰고 조심조심 수영복을 갈아입었다.

아쿠아로빅은 말 그대로 물속에서 하는 에어로빅이다. 수영장에 꽃분홍 수모가 가득 차자 강사가 음악을 틀었다. 수영장을 꽝꽝 울리는 댄스 트로트였다.

"내 곁을 떠나간 그 사람 이름은 자옥 자옥 자옥이였어요~"

그러자 오십 명 가까이 되는 꽃분홍 수모들이 물에서 일제히 펄쩍펄쩍 뛰기 시작했다. 다리를 번쩍번쩍 들고 허리를 요리조리 틀었다.

"자옥아! 자옥아아~!"

할머니들은 큰 소리로 노래를 따라 불렀다. 오십 명이 이백 개의 팔다리를 내리치면서 첨벙첨벙 푸드덕푸드덕 물이 튀겼다. 수영장 전체가 퍼덕거리며 끓어 넘치는 것 같았다. 그 물에 걸린 멸치 떼를 배의 어창에 부려놓았을 때 어창 전체가 푸드덕대는 그런 느낌이었다.

"내 어깨 위에 날개가 없어 널 찾아 못 간다. (허이!)
내 자옥아~"

나는 수영장 끝 레인에 서서 입을 벌리고 그 모습을 구경했다. 시원스레 벗어젖히고 깔깔 웃어대며 뽕짝 메들리에 맞춰 춤추는 할머니들이라니. 땅 위에서는 무거웠던 팔다리가 물속에서는 부력의 도움을 받아 자유롭다. 내뻗고 휘두르고 차고 뛰는 팔과 다리. 나는 "자옥아~!" 외치며 꽃분홍 수모 한가운데로 뛰어들고 싶은 마음을 진정시켜야 했다.

그보다 전에 '할머니들은 참 대단해!' 하고 진심으로 감탄한 일이 있었다. 몇 년 전 친정 엄마와 시아버지가 동시에 병원에 입원한 일이 있었다. 두 분 다 큰 병이었다. 오전에는 대학로에 있는 병원에 갔다가 오후에는 목동 병원으로 문병을 가는 날들이 이어졌다. 몸보다 마음이 고되었다.

엄마가 입원한 병실은 어둑하고 조용했다. 6인 여자 병실인데 보호자 자리에는 대부분 환자의 배우자인 아저씨, 할아버지들이 앉아 있었다. 엄마의 병석을 지키는 사람도 친정 아빠였다. 각각의 침대는 종일 커튼으로 가려져 서로 교류라곤 없었다. 환자는 환자라서 조용하고 보호자들은 큰 병 앓는 환자들이 걱정되어 그런지 침울하기만 했다.

그러다 오후에 시아버지가 입원해 있는 목동 병원에 가면 분위기가 사뭇 달랐다. 남자 병실의 보호자들은 그들의 배우자, 즉 아주머니, 할머니들이었는데 환자들이야 아프니까 조용했지만, 보호자들은 훨씬 도란도란 단란한 분위기였다. 낮에는 다들 커튼을 열어놓고 귤을 나누어 먹거나 함께 TV를 보거나 했다. 그런 분위기다 보니 문병 온 사람도 병실의 다른 사람들에게 오가며 다 인사하고 지냈다.

어느 날, 시아버지가 입원한 병원에 가보니 병실이 조용했다. 환자들만 각자의 침대에 누워 있고 보호자들이 하나도 보이지 않았다. 시어머니도 안 계셨다. 전화했더니 시어머니가 밝은 목소리로 받았다.

"어디 계세요. 어머니?"
"우리? 우리 소풍 나왔지."

얼마 기다리지 않아 병실의 보호자들이 같이 몰려 왔다. 시어머니 비슷한 연배의 할머니들. 그러니까 여자들 말이다.

시어머니는 같은 병실 친구들이랑(입원 기간이 길어지니 다들 친구가 되었다) 병원 뜰로 소풍을 갔다고 한다. 도시락통에 밥을 담고 근처 시장에서 사 온 풋고추랑 상추를 비닐봉지에 싸고 쌈장도 조금 담아서 병원 뜰 꽃 핀 나무 밑에 가서 먹었다는 것이다. 때는 바야흐로 봄이어서 사람들이 죽고 사는 문제와는 아무 상관 없이 병실 밖은 어디나 꽃 천지였다. 서방님 아픈 건 아픈 것이고 병원 뜰에 저리 꽃이 만발하니 꽃구경 한번 나가보자 모두 의기투합하여 소풍을 다녀왔다는 것이다.

소풍을 다녀온 사람들은 시끌벅적했다. 모두 얼굴이 밝아 보였다. 고생스럽고 지루하고 걱정 많은 입원 생활 가운데 어떻게든 씩씩함과 즐거움을 잃지 않는 사람들. 나는 이 일에 큰 감동을 받아서 내 소설에 한 에피소드로 쓰기도 했다.

대학로의 병실과 비교해봤을 때 목동의 병실은 훨씬 살만했다. 보호자가 여자들이라 그렇다고 생각한다. 입원 생활도 생활이기 때문에 여자들은 필요한 것들을 꼼꼼히 준비하고 정돈하여 생활에 불편함이 없게 했다. 커피포트가 있고 과도와 쟁반이 있고 함께 쓰는 냉장고는 가득 찼지만 잘 정돈되어 있었다. 필요한 것을 누군가는 가지고 있었고 먹을 것도 많았다.

무엇보다 대화가 있었다. 이쪽 침대 보호자와 저쪽 침대 보호자가 도란도란 대화를 나누고 급한 일이 있어 나가야 할 때면 본인의 환자를 좀 봐달라고 부탁하기도 했나. 함께 드라마를 보면서 웃기도 했고 친절하지 않은 의료진이 있으면 힘을 합쳐 씹어대기도 했다. 입원하고 일주일이 넘자마자 여섯 개 침대의 가족사는 다 공유되었다. 시어머니는 바쁜데 병원

에 자주 올 것 없다고 했지만 나는 다른 침대 ─ 누군가의 ─
시어머니 눈치가 보여 한 번 갈 것도 두 번 가곤 했다.

공통의 아픔과 어려움. 그 위로 단단하게 위로와 연대가 쌓
인다. 배우자의 중병이라는 고통은 남녀 가릴 것이 없을 텐데
여자들은 왜 더 쉽게 공감하고 마음을 열 수 있을까? 아마도
그것은 출산과 육아의 경험을 공유했기 때문이 아닐까?

사교성 없는 편인 나도 낯선 사람과 말을 트고 금세 서로
의 집에 오가며 친해지게 된 경험이 많다. 모두 아이를 기를
때의 일이다. 아이가 어릴 때 유모차에 태워 동네 놀이터에
앉아있으면 누군가 다가온다.

"몇 개월이에요?"

그 말은 천상의 음성처럼 들린다. 너무나 반갑다. 내게 말
을 걸어주는 어른이라니.

아이를 키우는 일은 '숭고한 어머니의 의무'니 어쩌니 아무
리 좋은 말을 해도 어쨌든 감옥에 갇히는 일이다. 아이를 아

무리 사랑해도 아니, 아이를 너무나 사랑해서 스스로 아이를 안고 수감 생활에 들어간다. 나는 그즈음 혼자 카페에 가서 조용히 커피 한잔하는 게 소원이었다. 낮잠 자는 아이가 깰까 봐 조마조마한 마음으로 하는 목욕이 아닌 느긋한 목욕을 해 보고 싶었고 밤에는 중간에 깰 걱정 없이 깊이 잠들어보고 싶었다. 무엇보다 '오구오구 그래떠여?' 하는 혀짤배기소리 말고 어른의 대화라는 걸 해보고 싶었다. 육아 스트레스를 쏟아내느라 한두 마디 말만 오가도 신경질이 나는 남편과의 대화 말고 다른 어른과의 대화가 고팠다.

"몇 개월이에요?"

아이를 데리고 있는 내게, 역시 아기를 데리고 있는 다른 아기 엄마가 묻는다. 경계심 따위는 없다. 할 말은 무궁무진하다. 정보도 나누고 하소연도 한다. 애 엄마의 생활이라는 건 뻔하다. 무엇이 힘들지도 뻔하다. 다 비슷한 것이다. '너도 힘들지? 나도 그래' 하는 마음이 있으면 마음이 열리고 너그러워진다. 금세 친해진다. 처음 만난 그 여자가 구찌 가방 들고 말끝마다 영어를 섞어 쓰더라도 경계심보다는 공감이 먼저다. 그 여자도 구찌 가방 든 채 감옥살이하고 있는 것이다. 사회에서 배제된 채 주변인으로 사는 체험을 같이하면서 자연스럽게 연대가 싹튼다. 연대하는 마음은 반복되면서 훈련이 된다. 뭐든 겪어봐야 안다. 동병상련이다.

임신 기간도 마찬가지다. 남들은 횡단보도에서 다 뛰는데, 남들은 버스에도 후딱 올라가는데, 남들은 몇 시간씩 끄떡없이 서 있는데 임신한 여자들은 신체적 조건 때문에 그걸 못했던 경험이 있다. 남들과 같지 않다는 이유로 불친절을 겪은 사람들은 이른바 보편이나 평균, 정상이란 개념이 가진 의도하지 않은 폭력성에 대해서도 체감하게 된다.

아이 낳아 키우고 살면서, 오랜 세월 여자로 살아가면서 할머니들은 남들의 처지를 이해하고 공감하고 서로 돕고 나누는 훈련을 했다. 낯선 사람을 만나면 서로 상대와 나를 견주어보느라 긴장하고 데면데면해질 수밖에 없는 할아버지들과는 그래서 다르다.

병실에서의 할머니들, 일시적이든 평생이든 간에 주변부의 삶을 살아본 사람들, 서로의 사정을 알아주며 함께 나눠 본 사람들, 먹고 자고 입고 씻는 생존에 필요한 최소한의 것들에 책임감을 느끼고 꾸준히 자신과 가족을 돌본 사람들, 그래서 혼자서도 잘하는 자생력을 가지고 있는 사람들은 가족이 장기 입원한 병원에서도 꽃놀이를 한다.

나의 미래가 그런 할머니들 속으로의 편입이라니. 가슴 뛰는 일이 아닐 수 없다.

그러니 뻔뻔해져야 한다

　　대형서점에 가면 압도되는 느낌이다. 책에 압도된다. 신간 매대에 가면 더 그렇다. 이렇게 많은 사람이 이렇게 많은 책을 이렇게나 열심히 쏟아내고 있다니. 내가 몇 달을 또는 몇 년을 글자 사이에서 헤매며 쌓고 붙이고 문지르고 다듬었던 내 책은 대형서점의 베스트셀러 사이에서 초라하기만 하다. 엄청나게 고생해서 작은 목재 장난감을 하나 만들어서는 그걸 들고 가우디 성당 앞에 서 있는 느낌이다. "저기… 저… 이것도 좀 봐주세요"라고 속삭이고 있는 내 곁을 사람들이 휙휙 지나쳐 가는 느낌.

서점에 간 김에 책을 둘러본다. 표지도 보고 몇 장 넘겨보기도 하고 맨 뒷장 판권 면도 본다.

'헉! 나온 지 일주일 만에 벌써 3쇄를 찍었다고?'

나도 모르게 한숨이 나오며 한마디 내뱉게 된다.

"에이 씨…."

어떻게 할 수 없는 질투심과 땅에 떨어지는 자존심. 기운이 쭉 빠진다. 세상엔 참 글 잘 쓰는 사람이 많구나, 다들 잘 쓰는구나, 저것도 괜찮네, 이 책은 기획이 엄청 좋구나, 다 재미있네 싶다. 세상에 이렇게 글 잘 쓰는 사람이 많은데 왜 나까지 끼어들어 이런 열패감을 맛봐야 하지? 나는 그냥 마음 편하게 책 좋아하는 독자로 남아서 다른 사람들이 잘 써준 책을 읽으며 즐기면 되는 게 아닌가? 서슬 퍼런 독자로서 남이 쓴 책을 물고 뜯고 씹는 즐거움만 맛봐도 되지 않나? 자존감이 땅에 떨어지다 못해 지하로 뚫고 들어갈 기세다. 내가 되지도 않는 글 쓴다고 카페 구석자리에 앉아 창밖만 바라보는 그 시간에 집이라도 한 번 더 쓸고 닦고, 애들 입에 넣을 반찬이라도 한 가지 더 만드는 게 모두에게 좋은 일이 아닐까? 나오느니 욕이다. "에이 씨…."

좋은 책을 봤을 때 그렇다. 대부분 좋은 책이다. 그런데 책이라고 다 좋은 것이 아니다. 너무나 얄팍한 책도 있다. 특별한 콘텐츠가 없으며 편견과 아집이 가득하고 새로운 시각이 전혀 없이 지루하면서도 꼰대들의 설교가 난무하는, 그래서 어쩌라는 거냐는 반발이 자동반사로 일어나는 책들도 있다. 글씨도 크고 페이지 여백은 넓으며 동어반복이 계속되는 책들. 문장은 허술하고 비문도 많다. 시간이 없어서 그랬는지 교정도 제대로 보지 않은 것 같다. 그런 책을 보면 솔직히 열받는다. 아니 왜 이런 책이? 저절로 또 한마디 나온다.

"이런 씨…."

서점에 가면 '에이 씨'와 '이런 씨' 사이에서 마음이 진자운동을 한다. '에이 씨' 하면 다 때려치우고 싶고 '이런 씨' 하면 좋은 글을 쓰고 싶은 의욕이 활활 불타오른다. 나는 '이런 씨' 쪽으로 마음을 당겨오기 위해 노력한다. '에이 씨'의 마음은 애써 잊는다. 나는 '에이 씨' 하는 마음이 일종의 변명이나 핑계라고 생각한다. 무엇을 열심히 하려는 마음이 아니라 아예 안 하려는 수작이다.

'다른 사람이 다들 너무 잘하잖아.'
'나는 해도 안 돼. 재능이 없는 거야.'

무엇을 포기할 때 가장 써먹기 좋은 합리화 수단이 바로 자신에게 엄격해지기, 혹독해지기다. 자기에게 아주 높은 기준을 부여하고 완벽을 추구하는 것이다.

"나는 완벽주의자야. 에잇! 이건 정말 내 기준에 맞지 않아! 이건 다 쓰레기야! 다 찢어버려!"

화가가 이젤 앞에 서서 여태 그린 그림을 나이프로 좍좍 긋는 장면이라든가 도공이 가마에서 꺼낸 도자기들을 던져서 깨트리는 장면, 작가가 밤을 새워 쓴 원고를 새벽녘에 마구 구기고 찢어서 버리는 장면. 왠지 멋지다. 완벽하지 않은 자신을 도저히 용서하지 못하는 천재의 모습이다.

그러니까 천재들이나 그럴 수 있다는 것이다. 천재들은 자신을 혹독하게 몰아붙인다. 뼈를 깎는 노력을 하며 조금 더, 조금만 더, 본인이 인정할 수 있을 때까지 쉼 없이 정진한다. 다 깨부수고 찢어발기더라도 마지막에는 결과물을 남긴다. 어쨌든 굉장한 걸 만들어내는 것이다.

깨부수고 찢어발기는 건 하는데 끝내 결과물이 없는 건 그냥 아무것도 아니다. '하다가 너무 귀찮아서 못 했어'는 창피하니까 '완벽하지 못한 나를 용서할 수 없었어' 하는 식으로 내가 나에게 변명을 하는 것이다. 내가 나를 마구 비하하면서 어떻게든 해야 할 일을 모면해보려는 수작이다.

내가 글을 쓸 때 바로 그런 일이 일어난다. 작업이 반 정도 진행되었을 때 나는 어떤 계곡에 빠지는 것 같다.

'이런 글을 누가 읽겠어?'

'쳇! 이것도 글이라고.'

'개나 소나 작가냐?'

이런 마음의 소리가 사방에서 울려 퍼지는 마의 계곡이다. 이 계곡에서 빠져나오려면 귀를 막아야 하는데 이때 귀를 막는 재료가 되는 것은 오로지 뻔뻔함 뿐이다.

'뭐가 어때서? 이 정도면 괜찮아.'

'나중에 수정하면 돼. 수정할 거야. 할 거라고.'

'내가 알아서 할 거니까 좀 닥쳐.'

뻔뻔함이야말로 작가 된 자의 재능이라고 나는 늘 주장한다. 막힐 때마다 풀리지 않을 때마다 네까짓 게 무슨 글을 쓰냐는 내면의 외침이 늘릴 때마다 쓰기를 그만두었다면 나는 어떤 글도 쓰지 못했을 것이다. 그러니 뻔뻔해져야 한다. 부족하게 느껴져도 그것이 지금 내 수준이라고 인정해야 한다.

사랑하는 애인에게 진짜 비싸고 근사한 선물을 사주고 싶지만, 지금은 돈이 없다.

"이따위 흔한 싸구려 액세서리 따위는 너에게 어울리지 않아. 내 사랑은 왕사탕만한 블루 다이아몬드만큼 크다고!"

이렇게 외치면서 연애하는 내내 꽃 한 송이, 밥 한 끼 안 사줬다. 그러면 그 연애는 오래 못 간다. 마음이 있다면 지금 할 수 있는 걸 하면 되는 거다. 돈 없으면 없는 돈 모아서 실반지 하나라도 나눠 껴야 한다. 어차피 왕사탕 다이아몬드는 못 산다.

왕사탕 다이아몬드만이 목표라면 쉽게 자기 비하에 빠진다. 자기 비하는 비겁한 짓이다. 본인을 비하할수록 편해지니까 아무것도 안 해도 되니까 점점 자기 비하의 늪에 빠지는 것이다. 어차피 안 되는 거였어. 난 글렀어. 내 주제에 뭘. 이런 말만 하고 있으면 아무것도 안 해도 되고 일부 착한 사람들에겐 동정까지 받을 수 있다. 자신에게 혹독해지기, 기준을 높게 세우기, 그 기준에 못 미치면 자신을 비하하기는 알고 보면 굉장히 계산된 자기 보호 장치다.

평범한 사람이 무언가 계속 노력해서 '발전'이라는 걸 하려면 자신에게 관대해져야 한다. 자신에게 관대해져야 재미도 있다. 그리고 재미가 있어야 계속할 수 있다.

나는 그림을 그리는데 한 작품을 완성할 때마다 꼭 자랑한다. 그림을 사진으로 찍어서 SNS에 올린다. 갖고 다니며 이 사람 저 사람에게 보여준다. 가까운 사람들이니 당연히 친절한 반응을 보여준다. "오 재능 있네!"는 아주 평범한 반응이다. "헉! 세잔인 줄" 하는 댓글이 있었고 후배가 "누나의 그림에는 서정이 있어요"라는 댓글을 달아줘서 캡처까지 해뒀다. 모모는 "와! 파는 그림 같은데?"라고 했는데 이건 대단한 반응이다(모모는 내가 해준 떡볶이가 맛있을 때 "엄마, 죠스 떡볶이 맛이랑 똑같아" 하는데 그 애로서는 그게 최고의 칭찬이다).

내 그림이 사실 그렇게 칭찬받을 만한 그림이 아니라는 건 나도 알고 있다. 내 가족이나 친구들이 내 그림을 비판적으로 볼 이유가 전혀 없다. 자랑해대니까 '옜다 칭찬!' 하면서 던져

주는 것이다. 하지만 내가 스스로 관대해지는 데는 칭찬이 필수적이기 때문에 나는 칭찬을 수집한다.

　모든 일에는 정체기가 있다. 좀 된다 싶다가도 어느 순간 지겨워지고 영 앞으로 나가지 못하는 때가 있다. 화실에 다니면서도 '으아 지겨워! 도대체 내가 왜 이러고 있지?' 하는 순간이 있었다. 초반에 내내 상자만 그릴 때도 그랬고 온갖 요상한 자세가 다 나오는 인체 포즈집 한 권을 뗄 때도 막판엔 너무 지겨웠다. 틀리는 부분을 또 틀리고 안 되는 부분이 또 안 될 때 특히 지겹다. 그 고비를 넘을 때, 그 계곡을 빠져나올 때 필요한 것이 바로 뻔뻔한 자기 긍정이다.

　　"아, 괜찮아. 좀 이상하긴 한데 슬쩍 보면 괜찮아."
　　"헐! 스케치만 했는데 벌써 예뻐!"
　　"와! 이것 봐. 처음보다 엄청 늘었잖아?"

　내 그림에 늘 만족스러워하는 나를 보다 못해 화실 선생님이 진지하게 충고한 적도 있다.

"목표를 좀 높게 잡으세요."

하지만 그건 나를 몰라서 하는 소리다. 나는 높은 목표를 향해 자신을 채찍질하며 한 계단씩 올라가는 훌륭한 사람과는 거리가 멀다. 나는 지지와 격려와 갈채가 필요하다. 주변에서 별로 그런 걸 해주지 않으면 나 혼자라도 야단법석을 떨며 박수를 쳐줘야 한다.

그림을 배운다고, 영어 공부도 한다고, 지금 어떤 책을 쓰고 있다고, 조용히 남모르게 해도 될 일을 천지 사방에 대고 시끄럽게 떠드는 것은 내가 스스로에게 보내는 갈채다.

"바쁘게 재미있게 살고 있네? 잘하고 있어."

그러면 내 갈채에 책임을 지기 위해서, 내가 나에게 친 박수가 무안해지지 않도록 계속 바쁘게 재미있게 살 수 있을 것 같다.

마지막에 가져갈 것은 기억뿐

       제제는 순간을 충분히 산다. 설정을 즐긴다. 예를 들면 이렇다.

제목 : 봄밤

10시가 다 되어 가는 시간에 제제가 안방 문을 연다.

"자전거 타러 나갈래요?"

"지금? 그러자."

나는 아들의 데이트 신청이 기뻐서 흔쾌히 자전거를 끌고 나간다. 바람이 따스한 봄밤이다. 마을을 한 바퀴 돌고 아들이 그만 들어가자고 한다.

"벚꽃이 막 떨어지면 좋겠는데 안 떨어지네."

일본 애니메이션에 나올 만한 봄밤 풍경. 벚꽃이 눈송이처럼 흩날리는 봄밤에 자전거 타기. 절반만 성공.

제목 : 팝콘

가족이 영화를 보러 가면 제제는 반드시 팝콘과 콜라를 산다. 모모도 산다. 그래도 '제제는 반드시 산다'고 말하는 이유는 제제의 팝콘 먹기는 일정한 형식을 갖추고 있기 때문이다.

제제는 팝콘을 사서 소중하게 들고만 있다. 상영관 안에 들어가려고 줄을 서 있을 때, 상영관 안에 들어가 앉았지만 스크린에서는 아직 광고 중일 때 제제는 팝콘에 손을 대지 않는다. 아빠나 엄마도 못 먹게 한다. "영화 시작하면 드세요"라고 몇 번이고 말한다.

영화를 보면서 '눈은 스크린에 고정하고 손으로는 팝콘을 무심하게 한두 알씩 집어먹기'라는 그림이 제제의 머릿속에 있다. 자기가 생각한 그림에 안 맞는 행동은 싫어한다. 그렇게 영화 보는 시간 내내 팝콘을 조금씩 천천히 집어 먹으면 영화가 끝날 때쯤 팝콘 통도 바닥을 보인다. 내가 볼 때 그것도 잘 조절해서 맞추는 것 같다.

'영화를 본다'는 행위를 최대한 즐기는 모습이어서 우리 부부는 존중해준다. 그래서 우리는 제제 것은 건드리지 않고 모모의 팝콘만 집어 먹기 때문에 모모에게 "왜 내 것만 먹어?"라는 항의를 받는다.

제목 : 감기

아픈 아이에게 어울리는 설정은 당연히 이불 덮고 침대에 눕는 것, 이마에 물수건이 놓여 있는 것, 그리고 걱정스러운 표정의 엄마가 옆에서 지켜보는 것이다. 제제는 아프면 위의 설정을 충실히 이행한다. 특히 '엄마의 정성스러운 간호'를 강력히 원하기 때문에 어쩔 수 없이 나도 중환자 코스프레에 동참하게 된다.

제제는 몸이 약한 편이어서 감기도 잦지만, 워낙 충실히 의사의 지시(물을 많이 마시고 푹 쉬어라)를 이행하기 때문에 합병증으로 진행되는 일 없이 곧 낫는다.

감기 따위에 중환자 코스프레를 한다고 제 형은 놀리지만 나는 그런 제제가 귀엽다. 상황에 충실하게 사는 것, 그 순간의 감정에 충분히 푹 빠지는 것이 인생을 풍성하게 만든다고 생각한다. 내가 늘 주장하듯 감정이 인생의 콘텐츠다.

인생을 구성하는 것 또는 인생에 마지막까지 남는 것은 대단한 것이 아니라고 나는 생각한다. 거대하고 드라마틱한 사건으로 인생이 이루어지는 것이 아니다. 감정이 반짝였던 어떤 찰나의 기억이 인생을 이루는 하나의 블록이 된다.

스티브 잡스는 죽기 전에 이런 말을 했다고 한다.

> "평생에 내가 벌어들인 재산은 가져갈 도리가 없다. 내가 가져갈 수 있는 것이 있다면 오직 사랑으로 기억되는 추억뿐이다. 그것이 진정한 부이며 그것은 우리를 따라오고, 동행하며, 우리가 나아갈 힘이 되어 줄 것이다."

인터넷에 돌고 있는 말이라 스티브 잡스가 실제로 그런 말을 했는지는 확실하지 않다. 아무튼, 죽기 얼마 전에 찍은 듯 앙상한 두 다리를 드러내고 간병인의 부축을 받아 겨우 서 있는 그의 사진을 보며 나는 눈물이 났다. 어떤 면에서 스티브 잡스는 '세상을 바꾸었다'라고도 말할 수 있는 사람인데 그의 사진과 말에서는 허무가 느껴졌다.

그의 말처럼 마지막에 가져갈 것은 기억뿐이다. 사랑으로 기억되는 추억. 감동했던, 가슴을 울렸던, 강렬하게 느꼈던 어떤 순간이 추억이라는 이름으로 오래 남는다. 간직할 순간이 많은 인생, 남아있는 기억이 많은 인생이 부유한 인생이다.

특별하게 살아야, 남다르게 살아야 기억이 많은 것은 아니다. 그보다는 생겨난 기억을 흘려보내지 않고 잘 가지고 있는 것이 중요하다. 기억은 수집하는 것이다.

수집을 취미로 가진 사람은 많다. 예전에 친정 아빠는 수석을 모았다. 무늬가 멋지거나 특이하게 생긴 돌을 모아 장식장에 진열해놓았다. 틈틈이 돌들을 다 꺼내서 물로 씻고 마른 천으로 깨끗하게 닦았다. 엄마는 북엇국을 끓일 때면 그 돌 중 맞춤한 모양을 가진 것을 꺼내서 북어를 두들기는 데 썼다. 망치로 두들기면 쇠 냄새가 나서 못 쓰고 나무 방망이도 별로 효과적이지 않고 그 돌이 딱 좋다는 것이다. 그거 쳐다보고만 있으면 뭐 할 거냐고 필요한 데 쓰면 더 좋지 않으냐고 해서 아빠도 별말 안 했다.

수석처럼, 피규어처럼, 골동품처럼 좋은 기억, 행복한 기억도 수집하는 것이다. 저절로 모인다기보다는 애써 모으고 잊히지 않도록 잘 관리하는 것이다. 수집은 원래 정리와 보관이 중요하다. 중구난방 모아만 둔다고 되는 것이 아니라 자꾸 꺼내서 닦고 제 자리를 찾아주어야 한다. 그리고 필요할 때 꺼내어 쓰는 것이다.

긍정적인 기억을 모으는 데는 제제처럼 설정에 충실한 것이 좋은 방법이라고 생각한다. 행복감이란 의외로 디테일에 좌우된다. 좋은 사람들과 캠핑을 가면 밤에 별도 봐야 하고 이왕이면 모닥불도 피워야 한다. 와인도 한잔하면 좋고 멋진 잔에 마시면 더 좋다. 완벽하게 느껴지는 순간을 위해서 짐이 되더라도 와인 잔을 챙기는 수고를 하는 것이다. 피크닉을 가려고 대바구니와 예쁜 피크닉 매트를 사는 일, 바닷가 여행을 가서는 리본 달린 밀짚모자를 쓰고 바람에 날리도록 긴 치마를 입는 일이 다 마찬가지다. 마음에 드는 그림을 세밀히 그려놓고 세부 설정에 맞게 충실히 준비한 다음 내가 그 그림의 주인공이 되면 그 순간은 한 장의 풍경화로 마음속에 남는다.

그림 같은 기억을 붙잡았다 하더라도 그게 언제까지고

남는 것은 아니다. 기억은 휘발성이 강하다. 기억을 수집하여 오래 간직하는 방법으로는 글쓰기만 한 것이 없다. 글을 쓰는 동안에 세세한 기억을 불러오게 된다. 그 순간의 감정이 고스란히 되살아나기도 한다. 몇 번이고 다시 읽어볼 수도 있다. 언제까지고 잃어버리지 않을 나의 수집품을 가질 수 있다.

행복이라는 것은 강도가 아니라 빈도다. 소소하게 자꾸만 여러 번 행복해야 대체로 행복하다. 자꾸 여러 번 행복하려면 행복한 어떤 한순간을 자꾸 소환해내야 한다. 작은 경험을 자꾸만 복기하고 그 경험에 대해 주변 사람들과 나누고 좋은 감정을 여러 번 다시 느끼면 그것이 끝까지 잃지 않는 행복이 된다고 생각한다.

나는 때때로 기억이라는 수집품을 꺼내어 닦는다. 들여다보고 어루만지며 아낀다. 내가 가진 기억이라는 것이, 추억이라는 것이 특별한 것은 아무것도 없다. 나는 남들 가는 곳에 가고 남들 보는 것을 보며 다른 이들과 비슷하게 느낀다. 어쩌면 진부하기까지 한 인생이다. 그러나 그렇더라도, 그렇고 그런 인생이지만, 별것도 아니지만, 흔하고, 시시하고, 지리 멸렬하지만 내게는 가장 특별하고 잊을 수 없는 일들로 가득 찬 것이 바로 내 인생이다.

나이 먹고 체하면 약도 없지

1판 1쇄 발행 2020년 1월 15일
1판 3쇄 발행 2021년 12월 15일

지은이 임선경

발행인 양원석
편집장 차선화
일러스트 안다연
영업마케팅 윤우성, 박소정, 강효경

펴낸 곳 ㈜알에이치코리아
주소 서울시 금천구 가산디지털2로 53, 20층 (가산동, 한라시그마밸리)
편집문의 02-6443-8890   **도서문의** 02-6443-8800
홈페이지 http://rhk.co.kr
등록 2004년 1월 15일 제2-3726호

ISBN 978-89-255-6818-8 (03800)